30 Tage

Alper Atay

ALLAH IST NÄHER ALS UNSERE
HALSSCHLAGADER

Verlag: BoD · Books on Demand GmbH, Überseering 33,
22297 Hamburg, bod@bod.de
Druck: Libri Plureos GmbH, Friedensallee 273,
22763 Hamburg
ISBN: 978-3-8192-2637-3

KEIN MENSCH IST JEMALS WIRKLICH
ALLEIN, DENN IN JEDEM HERZEN LEBT
DIE ERINNERUNG AN NÄHE.
DOCH WER BÖSES TUT, DER WIRD
SELBST INMITTEN EINER MENSCHEN-
MENGE IN TIEFSTER EINSAMKEIT GE-
FANGEN BLEIBEN.

Der Heilige Monat – Ramadan

Es ist wieder so weit – der schönste Monat des Jahres beginnt. Ramadan. Doch eigentlich beginnt er schon lange vorher. In Gesprächen auf der Arbeit, in der Schule, in der Universität – überall hört man ihn nahen. „Bald ist es wieder so weit." „Wann beginnt das Fasten dieses Jahr?" „Ich freue mich schon auf die Zeit mit der Familie."

Es ist ein Monat, der spürbar in der Luft liegt, noch bevor die erste Morgendämmerung ihn einläutet.

Ramadan ist mehr als der Verzicht auf Essen und Trinken von Sonnenaufgang bis Sonnenuntergang. Er ist eine Reise nach innen, eine Zeit der Besinnung, der Reinigung – nicht nur des Körpers, sondern vor allem des Herzens. Ein Monat, der den Menschen die Möglichkeit gibt, die Lasten der Vergangenheit abzulegen, schlechte Tage hinter sich zu lassen und ganz im Hier und Jetzt anzukommen. Ein Monat, in dem die Tage von Geduld und Selbstbeherrschung geprägt sind, die Nächte von Gebeten und stiller Zwiesprache mit Gott.

Es ist eine Zeit, in der sich alles langsamer anfühlt und doch intensiver. In der das einfache Glas Wasser beim Iftar, dem Fastenbrechen, zu einem Symbol der Dankbarkeit wird. In der Menschen einander näherkommen – in

Moscheen, an reich gedeckten Tischen oder in stillen Momenten des Verstehens. Ramadan ist eine Erinnerung daran, worauf es wirklich ankommt: Mitgefühl, Selbstreflexion, Zusammenhalt.

Und manchmal, ganz unerwartet, ist es auch ein Monat der Begegnungen. Man trifft Menschen, mit denen man vielleicht nie gerechnet hätte. Menschen, die einen auf eine besondere Weise berühren, deren Worte nachhallen, deren Anwesenheit etwas verändert.

Was aber geschieht, wenn zwei Menschen sich in genau dieser Zeit begegnen – in einem Monat, in dem das Herz besonders empfänglich ist für das, was wirklich zählt? Wenn zwei Seelen sich finden, während sie fasten, beten, nachdenken, sich selbst und die Welt um sich herum neu entdecken?

Vielleicht ist es Zufall. Vielleicht ist es Schicksal.

Diese Geschichte beginnt mit Ramadan. Und sie dauert 30 Tage.

Erster Teil

„Die Welt ist ein Kerker für den Gläubigen und
ein Paradies für den Ungläubigen."

Mohammed Saw

Der erste Tag

HAMZA

05. Juni 2016, 3:00 Uhr am Morgen.
Mein Wecker riss mich aus dem Schlaf, und für einen Moment wusste ich nicht, wo ich war. Das Zimmer lag in tiefster Dunkelheit, nur das fahle Licht meines Handys bildete einen kleinen Lichtkreis auf dem Nachttisch. Die Stille der Nacht wurde nur von meinem eigenen Atem durchbrochen – und dem leisen Summen meines Weckers, der noch vibrierte, als wollte er mich daran erinnern, dass es kein Zurück mehr gab.

Ich blinzelte, schaltete den Wecker aus und atmete tief durch. Es war wieder so weit. Ramadan. Der erste Tag. Suhoor.

Ich war es nicht gewohnt, um diese Zeit aufzustehen. Der Schlaf lag schwer auf meinen Gliedern, meine Augen wollten sich am liebsten wieder schließen. Doch ich wusste, dass es sich lohnte. Ich wusste, dass dieser Monat anders war – heiliger, bedeutungsvoller.

Aus der Küche hörte ich bereits Stimmen und Gelächter. Ich musste schmunzeln. Bestimmt war es wieder mein kleiner Bruder Amir, der sich nicht beherrschen konnte.

13

Wahrscheinlich hatte er sich längst auf seinen Stuhl gesetzt, mit glänzenden Augen auf das Essen gestarrt und darauf gewartet, dass er endlich loslegen konnte.

Amir war immer der Erste, der sich an den Tisch setzte – und der Letzte, der ihn verließ. Ein ungeduldiger Wirbelwind mit endloser Energie. Manchmal hatte ich das Gefühl, dass er für zwei redete, lachte und aß. Sein Name passte perfekt zu ihm: Amir – „Prinz". Und genau das war er in unserer Familie. Der Mittelpunkt, derjenige, um den sich alles drehte, als würde ein unsichtbarer Scheinwerfer immer auf ihn gerichtet sein.

„Beeil dich, bevor Amir alles aufisst!" rief mein Vater lachend aus der Küche.

Ich grinste. Genau das meinte ich. Langsam stand ich auf, rieb mir den Schlaf aus den Augen und verließ mein Zimmer.

Meine Mutter hatte genau das gemacht, was ich mir insgeheim gewünscht hatte – Spiegelei mit Hackfleisch. Der Duft von gebratenem Ei und würzigem Fleisch lag in der Luft, vermischt mit der frischen Süße von aufgeschnittenem Obst. Auf dem Tisch standen außerdem knuspriges Brot, Oliven, Käse und Honig – ein reich gedeckter Tisch, wie es bei uns an den ersten Tagen des Ramadan üblich war.

„Danke, Mama", sagte ich und umarmte sie fest.

„Sehr gern, Hamza", erwiderte sie mit einem Lächeln, drückte mich noch einmal an sich und gab mir einen Kuss auf die Wange.

Wir saßen zusammen und genossen das Essen, ohne die üblichen Ablenkungen des Alltags. Keine Handys auf dem Tisch, keine Nachrichten, die unsere Aufmerksamkeit forderten – nur wir als Familie, im Gespräch über die kommenden Tage.

Mein Vater lehnte sich leicht zurück und sah mich an.

„Gehst du morgen zur Arbeit oder zur Uni?"

Ich nickte, während ich ein Stück Brot in mein Ei tunkte. „Zur Arbeit, morgen springe ich für einen Kollegen ein."

Seit fast einem Jahr arbeitete ich in einem türkischen Supermarkt am anderen Ende der Stadt. Es war kein Traumjob, aber neben dem Lehramtsstudium musste ich mir irgendwie ein paar Euros dazuverdienen. Die Arbeit war anstrengend, besonders während des Ramadans, aber es hatte auch seine Vorteile – ich konnte mir meine Zeiten flexibel einteilen und manchmal gab es sogar kostenlose Lebensmittel vom Ladenbesitzer.

Die Zeit verflog, und als ich einen Blick auf die Uhr warf, war es bereits 3:50 Uhr. Neun Minuten blieben uns noch, bevor das Fasten offiziell begann. Die letzten Bissen wurden eilig genommen, noch ein Schluck Wasser, noch schnell eine Dattel, und dann war es 3:59 Uhr – Suhoor war vorbei.

Mein Vater sprach das traditionelle Gebet, das das Fasten einleitete:

"Nawaitu sauma ghadin an ada'i fardi ramadana hadhi-his-sanati lillahi ta'ala."

(Ich beabsichtige zu fasten, um die Pflicht des Ramadan in diesem Jahr für Allah zu erfüllen.)

Einen Moment lang war es still. Die Atmosphäre hatte sich verändert. Es war ein besonderer Moment – ein Neubeginn, ein bewusster Schritt in diesen heiligen Monat.

„Jetzt aber schnell ins Bett", sagte meine Mutter schmunzelnd. „Sonst kommst du morgen nicht aus den Federn."

Ich lachte leise. Morgen? Das war eigentlich schon heute.

Der Morgen

Der Wecker hatte mich viel zu früh aus dem Schlaf gerissen und mein Körper protestierte gegen die ungewohnte Unterbrechung. Ich lag noch einen Moment da, schloss die Augen und hörte die leise Geräuschkulisse des Morgens:

das entfernte Summen von Autos, das Zwitschern der Vögel, das leise Klappern von Geschirr aus der Küche. Mein Magen fühlte sich leer an, doch Hunger hatte ich nicht wirklich. Der erste Fastentag war immer der schwerste, nicht nur wegen des Verzichts auf Essen und Trinken, sondern auch, weil der Körper sich erst an den neuen Rhythmus gewöhnen musste. Ich nahm mein Handy in die Hand – 10:10 Uhr. Ich hatte noch etwas Zeit, aber nicht viel.

Ich zwang mich aus dem Bett, streckte mich kurz und ging ins Badezimmer. Das kalte Wasser im Gesicht half, mich endgültig wachzurütteln. Ich zog mir eine dunkle Jeans und ein schlichtes schwarzes T-Shirt an, fuhr mir mit den Fingern durch die Haare und warf einen kurzen Blick in den Spiegel.

11:15 Uhr begann meine Schicht und ich hatte noch einen 40-minütigen Weg vor mir. Ich schnappte mir meine Jacke, mein Handy und meine Kopfhörer und machte mich auf den Weg.

Als ich die Haustür hinter mir schloss, umfing mich die kühle Vormittagsluft. Die Straßen waren belebt, aber nicht überfüllt. Ein paar Kinder spielten auf dem Gehweg mit ihren Fahrrädern, während ältere Leute mit Einkaufstaschen aus dem kleinen Supermarkt an der Ecke kamen.

Die Gegend, aus der ich kam, war nicht besonders – nicht arm, aber auch weit entfernt von Luxus. Mittelstand. Die Definition davon. Keine Sportwagen in den Einfahrten, keine Villen mit riesigen Gärten. Stattdessen graue Mehrfamilienhäuser, kleine Balkone mit Wäscheständern und die immer gleichen Autos, die seit Jahren vor den Häusern parkten. Hier kannte jeder jeden, zumindest flüchtig.

Mein bester Freund Karam wohnte direkt nebenan. Wir kannten uns, seit wir acht Jahre alt waren – 14 Jahre Freundschaft, eine halbe Ewigkeit. In dieser Zeit hatten wir uns oft gestritten, aber noch öfter gelacht. Ich konnte mir mein Leben ohne ihn nicht vorstellen.

„Er schläft bestimmt noch", dachte ich mir schmunzelnd.

Karam war kein Frühaufsteher. Während ich mich durch den Morgen kämpfte, hatte er all seine Uni-Kurse auf den späten Nachmittag gelegt. Der perfekte Plan für jemanden, der bis in die Nacht wach blieb und den Vormittag als nicht-existent betrachtete. Ich hatte es oft versucht, ihn zum Morgengebet zu überreden – bisher ohne Erfolg.

Ich steuerte zur Haltestelle, wo der Bus 130 mich in Richtung Arbeit bringen würde. Die Haltestelle lag nur drei Minuten entfernt, direkt an der Hauptstraße. Als ich ankam, war die Bank an der Haltestelle bereits besetzt –

ein alter Mann mit einer Zeitung in der Hand, eine Frau mit Kopftuch, die gedankenverloren aus einem Fenster eines nahegelegenen Wohnhauses blickte, und ein Junge, der mit seinem Handy spielte.

Der Bus kam pünktlich. Ich stieg ein, suchte mir einen Platz am Fenster und setzte meine Kopfhörer auf. Der Fahrer begrüßte mich mit einem knappen Nicken, während sich der Bus langsam in Bewegung setzte.

Die Fahrt war Routine. Vorbei an den kleinen türkischen Läden, in denen Frauen bereits das Gemüse für Iftar, dem Abendessen einkauften. Vorbei an den Wohnblocks, in denen Wäscheleinen auf den Balkonen flatterten. Die Stadt erwachte und mit ihr der alltägliche Trubel.

Ich lehnte meinen Kopf gegen das kühle Fenster des Busses und ließ meinen Blick über die vorbeiziehenden Straßen schweifen. Die Stadt erwachte langsam, Menschen eilten zur Arbeit, Mütter schoben Kinderwagen über den Gehweg, Autos stauten sich an den Ampeln. In all dem Trubel saß ich hier, mit meinen Kopfhörern in den Ohren, bereit für einen Moment der Ruhe.

Heute hatte ich mir etwas Besonderes vorgenommen. Weniger Musik, mehr Podcasts.

Es war eine Entscheidung, die ich schon länger im Kopf hatte, aber mit Ramadan fühlte sie sich umso richtiger an.

Musik war schön, keine Frage – sie begleitete mich durch viele Momente meines Lebens. Doch ich wollte diesen Monat nutzen, um bewusster mit meiner Zeit umzugehen, um mich geistig weiterzuentwickeln.

Noch letzte Woche in der Uni hatte mir eine Kommilitonin von einem Mann namens Karim Hamid erzählt. Ihr Blick hatte sich dabei merklich verändert – als würde sie von jemandem sprechen, der ihr Leben auf irgendeine Weise beeinflusst hatte.

„Du musst ihn dir anhören", hatte sie gesagt, während sie einen Stift in ihr Notizbuch drehte. „Sein Podcast geht echt tief. Er spricht über Religion, über Sinnsuche, über Themen, über die man sonst nicht nachdenkt. Vor allem jetzt im Ramadan passt das perfekt."

Neugierig geworden, hatte ich mir direkt ein paar Folgen heruntergeladen. Und heute war der perfekte Moment, um damit anzufangen.

Ich öffnete die Podcast-App und scrollte durch die Folgen. Es gab eine lange Liste an Themen: „Der Sinn des Lebens", „Das Geheimnis der Seele", „Die verborgene Weisheit hinter dem Schicksal".

Doch eine Episode erregte besonders meine Aufmerksamkeit: „Die Schöpfungsgeschichte der Menschheit".

45 Minuten – genau die Länge meiner Busfahrt.

Mit einem Fingertipp startete ich die Wiedergabe.
Die Stimme von Karim Hamid erfüllte meine Ohren, ruhig
und eindringlich.

„Wir alle stellen uns irgendwann die Frage: Woher kommen wir? Warum sind wir hier? Was unterscheidet uns von
allem anderen, das existiert?"
Ich lehnte mich zurück und ließ die Worte auf mich wirken.

„Die Schöpfung des Menschen ist ein Wunder", fuhr er
fort. „Wir wurden aus einem Tropfen Wasser erschaffen –
und doch sind wir fähig zu fühlen, zu denken, zu erschaffen. Kein Zufall, sondern ein Meisterwerk. Schaut euch
nur den Himmel an. Jede Galaxie, jeder Stern – alles folgt
einer Ordnung. Und mitten in diesem gewaltigen Universum steht der Mensch. Ein Wesen mit Bewusstsein. Mit
freiem Willen."
Ich beobachtete die vorbeiziehenden Straßen, aber mein
Blick war leer. Mein Geist war woanders.

„Als der Mensch erschaffen wurde, sprachen die Engel:
Willst Du ein Wesen erschaffen, das Unheil anrichtet und
Blut vergießt?'"
Ich spürte eine Gänsehaut.
Hamid erklärte, dass dieser Moment nicht nur die Schöpfung des Menschen beschrieb, sondern auch seine

Bestimmung. Der Mensch war nicht perfekt. Er würde Fehler machen, fallen, sich verirren. Aber er besaß auch etwas, das ihn von allem anderen unterschied – die Fähigkeit, zu lernen, zu bereuen, sich zu entwickeln.

„Der erste Mensch, Adam, wurde aus Erde geschaffen", sagte Hamid. „Aus etwas, das auf den ersten Blick unscheinbar ist. Doch aus dieser Erde entsprang das gesamte Menschengeschlecht. So wie ein Samen in der dunklen Erde liegt und eines Tages zu einem Baum wird, so trägt jeder Mensch das Potenzial in sich, zu wachsen."

Ich nahm einen tiefen Atemzug.

Der Bus fuhr weiter, doch ich nahm kaum noch wahr, was um mich herum geschah. Die Gespräche der anderen Fahrgäste, das Ruckeln des Busses, die hupenden Autos – all das rückte in den Hintergrund.

Stattdessen dachte ich über das nach, was ich gerade gehört hatte.

Nach 40 Minuten Fahrt stieg ich an meiner Haltestelle aus. Der Supermarkt lag direkt an der Hauptstraße, zwischen einer Bäckerei und einem kleinen Friseursalon. Das gelbe Leuchtschild mit der Aufschrift „Anadolu Markt" war schon von weitem zu sehen.

Als ich die Tür aufdrückte, schlug mir der vertraute Geruch von frischem Brot, Gewürzen und Tee entgegen.

„Hamza! Endlich da!", rief mein Kollege Mehmet lachend aus dem hinteren Bereich des Ladens.

Ich grinste und hob die Hand zum Gruß. Mehmet arbeitete schon seit Jahren hier. Immer gut gelaunt, immer ein lockerer Spruch auf den Lippen.

Ich zog meine Arbeitsweste über, stellte mich hinter die Kasse und begann meine Schicht.

Ich stand an der Kasse und scannte routiniert die Produkte ein. Draußen schien die Sonne durch die großen Glasfenster des Supermarkts, und obwohl es erst Mittag war, fühlte ich bereits, wie die Energie langsam aus meinem Körper wich. Der Durst machte sich bemerkbar, aber ich versuchte, nicht daran zu denken.

Gerade als ich einen Beutel mit Tomaten über das Band zog, hörte ich eine vertraute Stimme:

„Und, wie läuft das Fasten?"

Ich schaute auf und sah Mustafa, einen älteren Stammkunden, der regelmäßig hier einkaufte. Er war ein freundlicher Mann mit graumelierten Haaren und einem leichten Bauchansatz, der ihn wie einen gemütlichen Onkel wirken ließ. Immer, wenn er kam, hatte er einen lockeren Spruch auf den Lippen.

Ich grinste leicht und zuckte die Schultern. „Bisher ganz gut, Alhamdulillah. Aber der Tag zieht sich schon ein bisschen."

Mehmet legte seine Ware auf das Band – ein paar Fladenbrote, Datteln, Joghurt, Oliven. Alles Dinge, die nach Iftar schmeckten. Er nickte wissend.

„Ja, ja… Das Fasten ist nicht nur ein Verzicht auf Essen und Trinken, sondern auch eine Prüfung der Geduld." Er deutete mit dem Kopf auf die Wasserflaschen, die direkt neben der Kasse gestapelt waren.

„Vor allem, wenn man den ganzen Tag darauf schauen muss." Ich lachte leise. „Sag das nicht. Jedes Mal, wenn jemand eine eiskalte Cola kauft, denke ich mir: ‚Warum tust du mir das an?'"

Mehmet schmunzelte, während er seine Geldbörse zückte.

„Weißt du, als ich so alt war wie du, war das Fasten für mich einfach nur eine Gewohnheit. Ich habe es gemacht, weil es alle gemacht haben. Aber je älter ich wurde, desto mehr habe ich verstanden, dass es viel mehr ist als nur der Hunger."

Ich nahm das Geld entgegen und gab ihm sein Wechselgeld zurück. „Inwiefern?" fragte ich interessiert.

Er steckte die Münzen weg und lehnte sich leicht über die Theke. „Es geht darum, sich selbst zu beherrschen. Seine

Wünsche zu kontrollieren. Zu erkennen, was wirklich wichtig ist. Die meisten Menschen denken, dass das schwerste am Fasten das Essen ist – aber eigentlich ist es das, was in deinem Kopf passiert."

Ich nickte nachdenklich. „Ja… Man wird geduldiger, nachdenklicher. Man achtet mehr auf seine Worte."

„Ganz genau!" Mehmet zeigte mit dem Finger auf mich. „Und irgendwann merkst du: Du brauchst viel weniger, als du denkst. Das ist das Schöne am Ramadan. Er bringt dich zurück zum Wesentlichen."

Ich lächelte. „Schön gesagt."

Mehmet nahm seine Tüte, wünschte mir einen gesegneten Ramadan und verließ den Laden.

Für einen Moment blieb ich stehen, schaute ihm nach und dachte über seine Worte nach.

Vielleicht war das der wahre Kern von allem – nicht nur die Entbehrung, sondern die Erkenntnis, dass man in der Einfachheit die größte Fülle finden kann.

Die Stunden vergingen langsam, aber irgendwann war es soweit – Feierabend.

Um 18:00 Uhr verließ ich den Laden. Mein Magen zog sich zusammen, aber das war normal. Ich war den ganzen Tag in Bewegung gewesen, hatte mit Kunden geredet,

Ware eingeräumt – und jetzt, wo die Ruhe kam, machte sich mein Körper bemerkbar.

Ich lief zur Haltestelle. Der Himmel hatte sich verfärbt, ein weiches Orange mischte sich unter das Blau. Ramadan hatte immer eine besondere Stimmung am Abend – die Straßen waren voller Menschen, die langsam nach Hause eilten, um sich auf das Iftar, das Fastenbrechen, vorzubereiten.

Als der 130er Bus kam, stieg ich ein und lehnte meinen Kopf an die Scheibe. Ich dachte an meine Familie, an das Essen, das bestimmt schon vorbereitet wurde, an die Stimmen meiner Eltern und das Lachen meines kleinen Bruders.

Noch 40 Minuten, dann wäre ich endlich zu Hause. Noch vier Stunden, dann würde ich das Fasten brechen.

Die Fahrt zog sich in die Länge, und obwohl ich mich darauf freute, gleich meine Schuhe auszuziehen und mich für einen Moment hinzulegen, wusste ich, dass mich etwas viel Wichtigeres erwartete – meine Gebete nachzuholen.

Auf der Arbeit war es nicht immer einfach gewesen. Die Pausen waren knapp, und es gab keinen wirklichen Ort der Ruhe. Ich hatte mir angewöhnt, die Gebete zusammenzulegen, sobald ich zu Hause war. Ich wollte mir die Zeit nehmen, in aller Ruhe vor meinem Gebet zu sitzen, meine

Gedanken zu sammeln, mich auf die Worte zu konzentrieren.

Ich schaute aus dem Fenster. Die Sonne hing immer noch hoch am Himmel, ihr Licht spiegelte sich auf den Autodächern, die sich träge durch den Verkehr schoben. Trotz meiner Müdigkeit spürte ich eine innere Ruhe. Der Tag hatte mich gefordert, aber jetzt, wo er langsam dem Abend entgegenlief, fühlte ich mich erleichtert.

„Bald ist es so weit", dachte ich mir.

Nicht nur das Fastenbrechen, nicht nur das Essen – sondern auch dieser Moment der Stille davor. Dieses Gefühl, sich zurückzulehnen, tief durchzuatmen und für alles zu danken, was man hatte.

Ich spürte mein Handy in der Tasche vibrieren. Eine Nachricht von Karam:

„Bruder, wie geht's? Wie war dein Tag?"

Ich lächelte leicht. So war er – immer direkt, immer da. Ich tippte schnell eine Antwort:

„Lang, aber gut. Noch knapp 3 Stunden."

Er schickte mir einen lachenden Smiley zurück.

„Sehen wir uns nach Iftar?"

Ich wusste genau, worauf er anspielte – Tarāwīh, das besondere Nachtgebet im Ramadan.

Ich zögerte kurz, bevor ich antwortete. Der Tag war lang gewesen und die Müdigkeit machte sich in meinen Knochen bemerkbar. Ich sehnte mich danach, einfach nach Hause zu kommen, meine Gebete zu verrichten und dann für einen Moment die Augen zu schließen. Aber gleichzeitig wusste ich, dass es diese Gebete waren, die den Ramadan so besonders machten. Dass es nicht nur um Verzicht ging, sondern um Hingabe, um Gemeinschaft, um diesen Moment der Stille zwischen uns und unserem Schöpfer.

Ich tippte zurück:

„Bin müde, aber ich versuche zu kommen. Welche Moschee?"

Die Antwort kam sofort:

„Die große Moschee, wie immer. 22:30 geht's los."

Ich lehnte mich in meinem Sitz zurück und dachte nach. Die große Moschee – sie war ein besonderer Ort im Ramadan. Wenn man in die Halle trat, spürte man förmlich die Atmosphäre, die Ruhe, die Menschen, die Schulter an Schulter standen und sich in ihren Gebeten verloren.

Es gab Abende, an denen ich den Versen einfach nur lauschte, ohne wirklich über ihre Bedeutung nachzudenken. Aber es gab auch Momente, in denen jedes Wort direkt in mein Herz traf.

Ich atmete tief durch und tippte schließlich:

„Ich komme, In sha Allah.“

Als ich irgendwann zu Hause ankam, war es bereits 20:00 Uhr. Der erste Schritt war immer der gleiche: Die Schuhe auszuziehen, die Tasche ablegen und tief durchatmen. Ich ging direkt in mein Zimmer, schloss die Tür hinter mir und ließ mich für einen Moment auf mein Bett sinken. Ein kurzer Blick auf die Uhr zeigte mir, wie die Zeit verflog. Es war schon spät, und das Fasten war fast vorbei. Aber bevor ich an das bevorstehende Iftar dachte, gab es noch etwas anderes, das ich nachholen musste.

Das Gebet.

Ich zog mich um, legte meinen Schal ab und ging ins Badezimmer. Es war ein Moment der Ruhe, ein Übergang von der hektischen Welt da draußen zu einem stilleren, geistigen Raum. Das warme Wasser, das über meine Hände, Arme und Füße strömte, hatte eine beruhigende Wirkung auf mich. Es fühlte sich an, als würde ich alle äußeren Unreinheiten abwaschen, um mich auf das Innere zu konzentrieren.

Während des Wudū dachte ich nicht an den bevorstehenden Abend oder an die To-Do-Liste, die noch abgearbeitet werden wollte. Es war einfach ich, das Wasser und der Moment der Verbindung.

Als ich fertig war, zog ich mein Gebetsgewand an, setzte mich auf meinen Gebetsteppich und bereitete mich darauf vor, meine Gebete nachzuholen.

In den nächsten Minuten folgte ich dem Ablauf der Gebete, jede Bewegung, jedes Wort war ein Stück mehr Achtsamkeit. Als ich das Gebet beendet hatte, spürte ich, wie sich eine Welle der Dankbarkeit in mir ausbreitete. Ich hatte es geschafft, mein Gebet nachzuholen, und damit auch etwas in mir wieder ins Gleichgewicht zu bringen.

Als ich irgendwann auf die Uhr schaute, war es bereits 21:20 Uhr. Noch 10 Minuten. Mein Magen hatte sich längst mit einem leichten Ziehen bemerkbar gemacht, und meine Gedanken kreisten nur noch um eines: Essen.

Seit Stunden zog ein verlockender Duft durch die Wohnung, der mich immer wieder in Richtung Küche blicken ließ. Ich hatte versucht, mich davon nicht ablenken zu lassen – erst das Gebet, dann ein wenig vom Koran lesen, dann das Fastenbrechen. Aber nun, da es fast so weit war, konnte ich den verführerischen Gerüchen nicht mehr widerstehen.

Langsam erhob ich mich und schlenderte in Richtung Küche. Schon bevor ich den Raum betrat, sog ich tief den Duft ein. Eine Mischung aus warmen Gewürzen, geschmortem Fleisch und frisch gebackenem Brot lag in der

Luft. Ich versuchte, mir zusammenzureimen, was es sein könnte, aber die Aromen waren so vielfältig, dass ich mich nicht festlegen konnte. War es vielleicht Lamm mit Kichererbsen? Oder doch Hühnchen mit Safran?

„Du hast ja ewig gebraucht, Hamza!" Meine Mutter stand am Herd und rührte in einem großen Topf. Sie trug eine Schürze mit kleinen Mehlspuren, was darauf hindeutete, dass es heute etwas Selbstgemachtes gab.

Ich grinste. „Ich wollte es spannend machen, Mama. Aber jetzt sag schon – was gibt's?"

Meine kleine Schwester, Amina, die kleinste aus der Familie, die bereits mit meinem Vater am Tisch saß, lachte.

„Er riecht das Essen seit Stunden, aber kommt erst jetzt!"

„Ich wollte erst beten und dann Koran lesen", erklärte ich und setzte mich auf meinen Platz. Mein Vater nickte anerkennend.

„Das ist gut so", sagte er. „Ramadan ist nicht nur für den Magen, sondern auch für das Herz."

Das Iftar beginnt.

Endlich war es so weit. Der Ruf zum Gebet erklang im Fernseher, wo eine Live-Übertragung aus der Moschee lief. Mein Vater griff als Erster nach einer Dattel und einem Glas Wasser. Ich tat es ihm gleich.

Der erste Bissen war jedes Mal eine Offenbarung. Die Süße der Dattel, die Kühle des Wassers – es war, als würde mein Körper mit einem Schlag aufleben. Danach begann das eigentliche Festmahl.

Heute gab es tatsächlich Lamm mit Kichererbsen in Tomatensoße, dazu frisch gebackenes Fladenbrot und einen würzigen Joghurt-Dip mit Knoblauch und Minze. Ich schloss kurz die Augen, als ich den ersten Bissen nahm. Der Geschmack war intensiv, das Fleisch butterweich, die Gewürze genau richtig abgestimmt.

Wir sprachen nicht viel während des Essens. Jeder war damit beschäftigt, das köstliche Essen zu genießen und seinem Körper die Energie zurückzugeben, die er den ganzen Tag über entbehrt hatte. Erst als sich der erste Hunger gelegt hatte, begannen die Gespräche.

„Gehst du heute zum Tarāwīh?" fragte mein Vater.

Ich nickte. „Ja, Karam und ich haben uns verabredet. Wir gehen gemeinsam."

„Sehr gut. Es ist ein Segen, dieses Gebet zu verrichten", sagte er zufrieden.

Nachdem wir alle satt waren, half ich meiner Mutter und Amina, den Tisch abzuräumen. Es fühlte sich gut an, Teil dieser kleinen Rituale zu sein, die den Ramadan so besonders machten. Amir rannte sofort in sein Zimmer. Die Playstation 4, die er zu seinem Geburtstag bekommen hatte, war Tag und Nacht an und er und seine Freunde wollten nach Iftar keine Sekunde verpassen.

Gegen 22:10 Uhr zog ich meine Schuhe an und schlüpfte in eine bequeme dünne Jacke. Die Luft draußen war angenehm, der Himmel mit Sternen übersät. Die Stadt wirkte ruhig, als ob auch sie für diesen besonderen Monat innehalten würde.

Ich machte mich auf den Weg zur Bushaltestelle. Der Bus, den ich nehmen musste, war wieder der 130er. Seit Jahren fuhr er mich überall hin – zur Uni, zur Arbeit und jetzt auch zur Moschee.

Als ich an der Haltestelle ankam, lehnte Karam bereits lässig an einem Laternenpfahl und scrollte auf seinem Handy.

„Du bist ja pünktlich", sagte ich grinsend.

Er hob eine Augenbraue. „Hättest du nicht gedacht, was?" Wir lachten und gaben uns zur Begrüßung die Hand.

„Bereit für Tarāwīh?" fragte er.

Ich nickte. „Immer."

Der 130er Bus bog um die Ecke, seine Lichter spiegelten sich auf dem Asphalt. Die Türen öffneten sich mit einem Zischen und wir stiegen ein.

Wir hatten sechs Stationen vor uns – genug Zeit, um einen guten Platz in der Moschee zu ergattern, bevor die Reihen sich füllten. Der 130er Bus war heute voller als sonst. Viele junge Männer mit Kappen, einige ältere Männer mit weißen Kufi-Mützen, manche in traditionellen Gewändern, andere in Jeans und Hoodies. Jeder hatte das gleiche Ziel: die Moschee.

Karam und ich nahmen die Leute um uns herum kaum wahr. Wir schnappten uns die letzten beiden freien Plätze ganz hinten links im Bus und lehnten uns entspannt zurück.

„Wie lief dein Tag?", fragte Karam, während er sich an der Haltestange festhielt.

Ich seufzte leicht. „Lang. Die Schicht war anstrengend und das Fasten macht's nicht gerade einfacher. Aber der Podcast heute hat mich zum Nachdenken gebracht."

„Welcher Podcast?"

„Es ging um die Schöpfungsgeschichte. Über den Menschen, seine Aufgabe auf der Erde und dass Ramadan nicht nur Verzicht ist, sondern auch eine Chance, sich selbst zu reflektieren."

Karam nickte nachdenklich. „Ich finde, das merkt man im Ramadan wirklich. Man denkt anders über Dinge nach.

Auch wenn ich ehrlich bin – das frühe Aufstehen macht mich fertig."

Ich lachte. „Du und frühes Aufstehen – das ist eine Hassliebe."

Er verdrehte die Augen. „Sag nichts. Sahoor ist für mich das Schwierigste am Ramadan."

Der Bus hielt an einer weiteren Station, noch mehr Männer stiegen ein. Die Gespräche waren ruhig, es lag eine gewisse Erwartung in der Luft. Ein Gefühl, das nur diejenigen kennen, die im Ramadan gemeinsam zum Tarāwīh gehen.

Um 22:20 Uhr hielten wir endlich an unserer Station. Ich stieg als Erster aus, Karam folgte mir.

Vor uns erstreckte sich die Moschee, strahlend beleuchtet, mit ihrem großen Eingang und den zwei Minaretten, die stolz in den dunklen Himmel ragten. Der Hof war bereits voller Menschen, einige standen in Gruppen und unterhielten sich, andere waren auf dem Weg nach drinnen.

„Lass uns direkt reingehen", sagte ich.

Wir zogen unsere Schuhe aus und stellten sie ins Regal neben dem Eingang. Dann traten wir in den großen Gebetssaal – ein weiter Raum mit einem wunderschönen Teppich, der sich über den gesamten Boden erstreckte. Der Geruch von Moschus und Rosenwasser lag in der Luft. Die ersten Reihen waren bereits gefüllt.

Um 22:30 Uhr erklang der Gebetsruf im Inneren der Moschee. Stille kehrte ein. Der Imam trat vor, und das Nacht-Gebet begann.

Ich stand neben Karam, die Arme über der Brust verschränkt, den Blick nach unten gerichtet. Sobald der Imam die ersten Verse rezitierte, spürte ich, wie sich eine tiefe Ruhe in mir ausbreitete.

Vier Rakʿaʿāt – vier Einheiten des Gebets, die mich aus der Hektik des Tages rissen und mich voll auf diesen Moment konzentrieren ließen.

Nach dem Nachtgebet blieb fast jeder in der Moschee. Das Tarāwīh-Gebet stand an – das Gebet, das nur im Ramadan verrichtet wird.

Der Imam begann mit der Rezitation des Korans und seine Stimme hallte durch die Moschee. Seine Art zu rezitieren war besonders – ruhig, aber kraftvoll, mit einer Stimme, die tief ins Herz drang.

Jede Rakʿaʿat war eine weitere Verbindung zum Schöpfer, ein Moment der Reflexion, eine Chance, den Tag mit einem reinen Herzen zu beenden.

Zehn Rakʿaʿāt vergingen, zwanzig insgesamt. Nach über einer Stunde waren wir fertig. Als ich mich erhob, fühlte ich mich erleichtert, befreit – als hätte das Gebet all die Erschöpfung des Tages von mir genommen.

Karam sah mich an. „Das tat gut."

Ich nickte. „Sehr."

Wir verließen die Moschee, holten unsere Schuhe und traten hinaus in die frische Nachtluft.

Der 130er Bus kam pünktlich um 00:10 Uhr, und wir stiegen wieder hinten ein. Die Stimmung war nun anders – ruhiger, nachdenklicher. Die meisten Leute im Bus waren ebenfalls von der Moschee gekommen, man sah es ihnen an. Manche hielten kleine Gebetsketten in der Hand, andere starrten einfach nur aus dem Fenster.

„Ich bin müde", murmelte Karam.

Ich grinste. „Sahoor kommt auch noch."

„Daran will ich gar nicht denken."

Ich lachte. „Doch, musst du. Ohne Essen geht's nicht."

Als ich um 00:50 Uhr endlich Zuhause ankam, war ich erschöpft. Aber ich wusste, dass ich noch etwas Zeit hatte, bevor Sahoor endete.

Meine Mutter war bereits in der Küche und bereitete wieder das Essen vor. Diesmal gab es Joghurt mit Honig, Rührei mit Tomaten und frischen Minztee.

„Iss genug, Hamza", sagte sie. „Sonst wirst du morgen wieder klagen."

Ich aß in aller Ruhe, trank mein Wasser und machte mich dann bereit fürs Schlafen.

Um 3:30 Uhr, kurz vor dem Ende der Nacht, betete ich noch einmal und legte mich dann ins Bett. Mein Körper war müde, aber mein Herz fühlte sich leicht an. Ich hatte ganz vergessen, dass ich morgen zur Uni muss. Zum Glück erst um 12, das heißt mehr schlafen.

Ramadan war anstrengend – aber auch wunderschön.

Mit diesem Gedanken schloss ich die Augen und schlief ein.

Und wahrlich, Wir erschufen den Menschen, und Wir wissen, was er in seinem Innern hegt; und Wir sind ihm näher als (seine) Halsschlagader

Quran 50:16

Der zweite Tag

HAMZA

Ich hatte meinen Uni-Stundenplan bewusst so gelegt, dass ich nur an zwei Tagen in der Woche Kurse hatte: Dienstag und Donnerstag. Dienstags stand Philosophie auf dem Programm, donnerstags dann Geschichte. So konnte ich die anderen drei Tage nutzen, um zu arbeiten – und natürlich freitags rechtzeitig zum Freitagsgebet gehen, ohne Hetzerei zwischen Uni und Moschee.

Philosophie und Geschichte – zwei Fächer, die mich schon immer fasziniert hatten. Die großen Fragen der Menschheit, die Suche nach Wahrheit, die Auseinandersetzung mit dem, was wir wissen können und was nicht – all das fand ich spannend. In der Geschichte wiederum sah ich den roten Faden der Menschheit, all die Fehler, die wiederholt wurden, all die Muster, die sich durchzogen. Vergangenheit und Denken – beides untrennbar verbunden.

Um 9:30 Uhr kam ich an der Uni an. Ich lief über den weitläufigen Campus, vorbei an Gruppen von Studierenden, die entweder eilig ihre Notizen durchblätterten oder entspannt in der Morgensonne saßen. Mein erstes Ziel war das große Hörsaalgebäude.

10:00 Uhr – Vorlesung: „Einführung in die Metaphysik"
Der Saal war bereits gut gefüllt. Ich suchte mir einen Platz weiter hinten, nicht zu weit vorne, aber auch nicht ganz hinten, wo die meisten ohnehin nur am Handy waren. Der Professor betrat den Raum. Er war ein älterer Herr, schätzungsweise Mitte sechzig, mit einer ruhigen, aber bestimmten Stimme.

„Guten Morgen. Heute beschäftigen wir uns mit der Frage: Was ist Realität?"

Einige Studierende seufzten – sie wussten, es würde eine anstrengende Sitzung werden. Andere, mich eingeschlossen, lehnten sich interessiert nach vorne.

Er begann mit Aristoteles, führte uns dann zu Descartes („Ich denke, also bin ich") und schließlich zu Kant, dessen Theorien ich mir bereits auf der Busfahrt angehört hatte.

„Die Welt, wie wir sie wahrnehmen, ist nicht identisch mit der Welt, wie sie wirklich ist", erklärte er. „Unsere Sinne können uns täuschen. Unsere Vernunft kann uns leiten – aber auch in die Irre führen. Was bleibt also? Wie finden wir Wahrheit?"

Ich machte mir Notizen.

Nach der Vorlesung hatte ich eine kurze Pause, bevor um 12:15 Uhr mein Seminar begann: „Philosophische Anthropologie: Was bedeutet es, Mensch zu sein?"

Hier wurde es spannender – kleinere Gruppen, mehr Diskussionen. Unser Dozent stellte eine provokante Frage: „Sind wir Menschen wirklich frei, oder sind wir nur das Produkt unserer Umstände?"

Es folgte eine lebhafte Debatte. Einige argumentierten, dass wir durch unsere Gesellschaft und Erziehung programmiert werden. Andere hielten dagegen: „Nein, wir haben einen freien Willen – sonst wäre Moral sinnlos."

Ich meldete mich zu Wort.

„Vielleicht ist es eine Mischung. Wir werden durch unsere Umwelt geprägt, aber es gibt immer einen Moment, in dem wir selbst entscheiden, was wir tun."

Der Dozent nickte anerkennend. „Interessanter Gedanke."

Nach mehreren Stunden intensiven Denkens machte ich mich um 16:00 Uhr auf den Heimweg. Der 130er Bus war diesmal voller als am Morgen. Ich fand einen Platz nahe der Tür. Mein Kopf war noch voll mit all den Gedanken aus den Vorlesungen. Als ich um 16:40 Uhr endlich Zuhause ankam, war ich erschöpft. Aber es war eine gute Art von Erschöpfung – eine, die mich wachsen ließ.

Als ich die Wohnungstür aufschloss, erwartete ich die gewohnte Stille des späten Nachmittags. Vielleicht das leise Klappern aus der Küche, wenn meine Mutter bereits mit den Vorbereitungen für das Fastenbrechen begann. Oder das Summen des Fernsehers, wenn Amina auf dem Sofa lag und eine Serie schaute.

Doch an diesem Tag war alles anders.

Kaum hatte ich einen Fuß über die Schwelle gesetzt, hörte ich ein Geräusch, das mir sofort einen Stich ins Herz versetzte: Weinen. Lautes, verzweifeltes Weinen. Mein Körper spannte sich an. Ich ließ meine Tasche fallen und rannte ins Wohnzimmer.

Dort saß meine Mutter auf dem Sofa, das Gesicht in den Händen vergraben, ihr Körper bebte unter ihren Schluchzern. Neben ihr saß Amina, meine jüngere Schwester. Ihr Gesicht war tränenüberströmt, ihre Hände zitterten, während sie ein Taschentuch umklammerte.

Amir saß auf dem Sessel – still, regungslos, als wäre er von all dem unberührt. Doch ich kannte ihn gut genug, um zu sehen, dass seine Kiefermuskeln angespannt waren, dass er unablässig mit dem Fuß wippte. Ein Zeichen, dass er versuchte, sich zusammenzureißen.

„Was ist los?!" Meine Stimme klang lauter, als ich es beabsichtigt hatte, voller Panik.

Niemand antwortete sofort. Das Schluchzen meiner Mutter füllte den Raum. Amina versuchte, etwas zu sagen, aber erstickte an ihren Tränen. Schließlich war es Amir, der aufsah.

Sein Blick war schwer.

„Baba hatte einen Herzinfarkt."

Es fühlte sich an, als würde mir jemand den Boden unter den Füßen wegziehen.

Mein Herz begann zu rasen. „Was?! Wo… Wo ist er jetzt?"

„Im Krankenhaus. Die Ärzte haben gesagt, es war knapp, aber er lebt."

Ich atmete flach. Der Raum schien sich um mich herum zu drehen. Ein Herzinfarkt. Unser Vater. Mein Vater.

Ich musste ihn sehen. Sofort.

Ich schnappte mir meine Jacke und griff nach meinem Handy.

„Ich fahre hin", sagte ich hastig und eilte zur Tür.

„Ich komme mit", murmelte Amir und stand auf.

Unsere Mutter hob den Kopf. Ihre Augen waren rot und geschwollen. „Ruft mich sofort an… Bitte."

„Wir melden uns", versprach Amir.

Die Tür fiel hinter uns ins Schloss, und wir liefen zur nächsten Bushaltestelle. Die Straßen schienen unwirklich – als wären sie plötzlich weiter weg, wie durch einen Schleier. Ich hörte das Summen vorbeifahrender Autos, das entfernte Rufen von Kindern, aber alles war dumpf. Mein Kopf war nur bei meinem Vater.

Herzinfarkt.

So etwas geschah doch anderen Familien, nicht unserer. Unser Vater war stark. Er war immer da. Ein Fels. Wie konnte so etwas passieren?

Der Bus kam, und wir stiegen ein. Wieder war es der 130er, aber diesmal fühlte sich die Fahrt unendlich lang an. Kein Podcast. Keine Gespräche über Philosophie. Nur Stille.

Amir saß neben mir und starrte aus dem Fenster.

„Er lebt", sagte er nach einer Weile, mehr zu sich selbst als zu mir.

Ich nickte. „Ja."

Trotzdem blieb die Angst in meiner Brust.

Wir sprangen aus dem Bus, kaum dass die Türen sich öffneten und rannten ins Krankenhaus. Der sterile Geruch nach Desinfektionsmitteln schlug uns entgegen, die Neonlichter blendeten.

An der Rezeption fragten wir nach ihm.

„Zimmer 407", sagte die Krankenschwester mit ruhiger Stimme. „Aber bitte bleiben Sie ruhig – er braucht jetzt keine Aufregung."

Ich nickte hastig und eilte mit Amir durch die Flure.

Als wir sein Zimmer erreichten, blieb ich kurz stehen, um durchzuatmen. Ich musste stark sein. Ich durfte ihn nicht mit meiner eigenen Angst belasten.

Dann öffnete ich vorsichtig die Tür.

Da lag er. Mein Vater.

Er sah müde aus, blass, mit einem Krankenhaushemd bekleidet, angeschlossen an ein paar Geräte. Aber er war wach. Und als er uns sah, hob er leicht eine Hand.

„Ihr seid da…" Seine Stimme war schwach, aber sein Blick warm.

Ich spürte, wie mir die Tränen in die Augen stiegen.

Ich trat ans Bett. „Natürlich sind wir da, Baba."

Er atmete tief durch. „Es tut mir leid… Ich wollte euch keine Angst machen."

„Red nicht so", murmelte Amir und setzte sich auf den Stuhl neben ihm. „Hauptsache, du bist okay."

Ich nahm seine Hand. Sie fühlte sich schwächer an als sonst.

„Was haben die Ärzte gesagt?"

„Dass es gut ausgegangen ist. Dass ich Glück hatte."

Ich schloss kurz die Augen und atmete durch. Alhamdulillah.

Wir blieben eine Stunde bei ihm. Redeten wenig, aber waren einfach da. Hielten seine Hand. Sprachen ihm Mut zu.

Er sollte sich ausruhen, und wir versprachen, am nächsten Tag mit Mama und Amina wiederzukommen.

Der Heimweg fühlte sich endlos an. Amir und ich liefen nebeneinander her, aber kein Wort fiel zwischen uns. Es gab nichts zu sagen, oder vielleicht zu viel.

Nur einmal, kurz bevor wir die Straße zu unserer Wohnung überquerten, durchbrach Amir das Schweigen.

„Wird Baba wieder nach Hause kommen?" Seine Stimme war leise, beinah vorsichtig, als fürchtete er die Antwort.

Ich schluckte. „Natürlich wird er das."

Aber war das die Wahrheit? Oder nur eine Hoffnung?

Ich wusste es nicht. Ich wollte nicht lügen. Aber ich konnte ihm auch nicht die Wahrheit sagen, wenn ich sie selbst nicht kannte.

Als wir die Wohnung betraten, lag eine schwere Stille in der Luft. Unsere Mutter war in der Küche, Amina deckte bereits den Tisch. Normalerweise hätte sie mich gefragt, ob ich noch Datteln oder Wasser holen könnte, vielleicht hätte Amir irgendeine Bemerkung über das Essen gemacht. Aber heute war alles anders.

Wir setzten uns an den Tisch. Die Zeit bis zum Iftar verging quälend langsam. Ich hörte nur das Ticken der Uhr an der Wand.

Dann erklang der Ruf zum Gebet aus dem Radio.

Wir brachen unser Fasten mit Wasser und Datteln, wie immer. Dann begannen wir zu essen.

Doch niemand sprach ein Wort.

Nicht über den Tag. Nicht über das Essen. Nicht über unseren Vater.

Das Klirren der Löffel gegen die Teller war das einzige Geräusch. Ich wagte es nicht, irgendjemanden anzusehen.

Meine Mutter hatte ihre Augen nur auf ihr Essen gerichtet, Amina stochert lustlos in ihrem Reis herum. Selbst Amir, der sonst immer einen gesunden Appetit hatte, aß langsamer als sonst.

Es war, als würde das Schweigen alles erdrücken.

Nach dem Essen räumte ich automatisch meinen Teller weg. Ich wusste, dass ich meiner Mutter hätte helfen sollen, aber ich fühlte mich zu leer. Zu müde.

Zurück in meinem Zimmer nahm ich mein Handy .

Karam hatte mir geschrieben.

„Bruder, wie geht's? Ich habe gehört, was passiert ist. Es tut mir so leid."

Ich starrte auf den Bildschirm. Dann tippte ich:

„Danke, Karam… Es war ein Schock. Ich weiß nicht, wie ich mich fühle."

„Ich verstehe... Glaub mir, ich weiß, wie schwer das ist. Willst du raus? Vielleicht Tarawih beten? Es wird dir gut- tun."

Ich zögerte.

Tarawih. Das Gebet, das ich sonst so sehr liebte.

Doch ich konnte nicht.

„Ich glaube, ich schaffe das nicht heute..."

„Warum nicht?", fragte Karam.

„Weil es sich nicht richtig anfühlt, normal weiterzuma- chen. Ich kann nicht einfach so tun, als wäre nichts pas- siert.

„Beten bedeutet nicht, dass du vergisst, was passiert ist. Es bedeutet, dass du Allah näher bist – und gerade jetzt brauchst du das."

Ich legte das Handy weg und ließ mich auf mein Bett sin- ken.

Er hatte recht.

Aber der Schmerz war stärker.

Ich verbrachte den Abend in meinem Zimmer. Ich ver- suchte, mich auf mein Buch zu konzentrieren, aber die Worte verschwammen vor meinen Augen. Ich hörte, wie meine Mutter und Amina sich im Wohnzimmer unterhiel- ten, wie Amir irgendwann nach draußen ging, um frische Luft zu schnappen.

Um Mitternacht nahm ich mein Handy wieder in die Hand.

„Danke, Bruder. Ich werde morgen mit dir Tarawih beten gehen."

Karam schickte ein „In sha Allah" und ein lächelndes Emoji.

Es war fast Sahoor-Zeit, als ich endlich aus meinem Zimmer kam. Meine Mutter hatte ein einfaches Essen vorbereitet – Brot, Oliven, Joghurt, ein paar Eier. Wir aßen gemeinsam, aber wieder war es still.

Dieses Mal war es jedoch eine andere Stille. Keine erdrückende. Sondern eine, in der wir alle wussten, dass wir nicht allein waren.

Ich betete das Nachtgebet, legte mich hin und schloss die Augen.

Der Mensch ist ein Spiegel für seinen
Bruder. Wenn du siehst, dass
etwas nicht stimmt, musst du versuchen,
es zu korrigieren

Mohammad Saw

Der dritte Tag

HAMZA

Ich überlegte, ob ich heute überhaupt zur Arbeit gehen sollte. Mich einfach krankmelden, um den Tag im Krankenhaus zu verbringen. Vielleicht brauchte meine Mutter auch meine Unterstützung.

Doch tief in mir wusste ich, dass sie das nicht wollte.

Langsam stand ich auf, zog mir eine Jogginghose über und ging ins Wohnzimmer. Meine Mutter saß auf der Couch, eine Tasse Tee in der Hand, während Amina neben ihr saß und ein Spiel auf ihrem Handy spielte. Amir lag quer auf dem Teppich und scrollte durch Facebook.

Meine Mutter blickte auf, als sie mich sah. Ihre Augen waren müde, aber ihr Gesichtsausdruck war bestimmt.

„Ich habe überlegt, heute nicht zur Arbeit zu gehen", sagte ich leise und setzte mich zu ihr.

Sie nahm einen Schluck von ihrem Tee und schüttelte den Kopf. „Nein, Hamza Du sollst gehen."

Ich runzelte die Stirn. „Aber Mama, Baba—"

„Wir fahren gleich ins Krankenhaus, die Kinder und ich." Ihre Stimme war ruhig, aber fest. „Du hast deine

Verantwortung. Dein Vater würde nicht wollen, dass du deine Arbeit vernachlässigst."

Ich wollte widersprechen, wollte sagen, dass es mir egal war. Doch ich kannte meine Mutter. Wenn sie sich etwas in den Kopf gesetzt hatte, ließ sie sich nicht umstimmen.

Schließlich seufzte ich und nickte. „Okay…"

Sie legte eine Hand auf meine Schulter. „Mach dir keine Sorgen. Wir rufen dich an, falls etwas ist."

Ich nickte, stand auf und ging ins Bad, um mich für die Arbeit fertig zu machen. Aber die Unruhe in mir blieb.

In der Arbeit angekommen, merkte ich schnell, dass mein Kopf nicht bei der Sache war.

Ich arbeitete an der Kasse, aber meine Gedanken waren im Krankenhaus. Ich stellte mir vor, wie mein Vater im Bett lag, wie Amina und Amir an seiner Seite saßen, wie meine Mutter mit den Ärzten sprach.

Und dann passierte es.

„Das macht dann 15,60", sagte ich und tippte den Betrag in die Kasse.

Die Kundin zog eine Augenbraue hoch. „Das kann nicht sein. Da steht doch 12,90."

Verwirrt sah ich auf den Bildschirm. Sie hatte recht. Ich hatte den falschen Preis eingegeben.

„Oh… entschuldigen Sie, ich korrigiere das sofort", murmelte ich und tippte hastig auf dem Bildschirm herum.

Es blieb nicht bei diesem Fehler.

Ich gab einem Kunden zu wenig Wechselgeld heraus.

Ich vergaß, eine Tüte anzubieten.

Ich scannte aus Versehen ein Produkt doppelt.

Normalerweise wären das Kleinigkeiten gewesen, die mich nicht aus der Fassung gebracht hätten. Aber heute spürte ich, wie mich jede kleine Unachtsamkeit noch mehr frustrierte.

Ich fühlte mich, als wäre mein Körper hier, aber mein Kopf kilometerweit entfernt.

Nach zwei Stunden bemerkte mein Chef, dass etwas nicht stimmte.

Er kam zu mir, als gerade keine Kunden anstanden und musterte mich besorgt. „Hamza, ist alles in Ordnung? Du wirkst heute irgendwie… abwesend."

Ich zögerte einen Moment. Sollte ich ihm sagen, was los war?

Dann atmete ich tief durch und entschied mich für Ehrlichkeit.

„Mein Vater hatte gestern einen Herzinfarkt", sagte ich leise. „Er liegt im Krankenhaus… und ich kann mich einfach nicht konzentrieren."

Mein Chef sah mich überrascht an. Dann nickte er langsam. „Das tut mir leid, Hamza. Warum hast du mir das nicht früher gesagt?"

Ich zuckte mit den Schultern. „Ich wollte meine Arbeit nicht vernachlässigen."

Er legte mir eine Hand auf die Schulter und sah mich mit einem ernsten, aber verständnisvollen Blick an. „Familie geht immer vor, Hamza. Wenn du willst, kannst du jetzt schon gehen. Fahr ins Krankenhaus, sei bei deinem Vater."

Ich zögerte, spürte die Verantwortung auf meinen Schultern. „Sicher? ... Wer soll dann meine Arbeit übernehmen?" Meine Stimme klang unsicher, als ob ich mir selbst nicht eingestehen wollte, dass ich diese Erlaubnis brauchte.

Mein Chef schüttelte sanft den Kopf und lächelte schwach. „Die Arbeit wird immer da sein, Alper. Sie läuft weiter, mit oder ohne uns. Aber deine Familie... Sie ist das Fundament deines Lebens. Kein Job der Welt kann dir die Zeit zurückgeben, die du mit ihnen verpasst. Wenn du jetzt nicht gehst, wirst du es später bereuen."

Ich schluckte und blickte zu Boden. Er hatte recht.

Er fuhr fort, seine Stimme ruhig, aber bestimmt. „Geld kann man immer wieder verdienen, Fehler kann man korrigieren, aber einen geliebten Menschen... den kann man nicht einfach ersetzen. Ich habe es selbst erlebt, Hamza. Mein Vater war krank, und ich dachte damals, meine Arbeit wäre wichtiger. Ich dachte, ich könnte später noch Zeit mit ihm verbringen. Aber das Leben wartet auf niemanden."

Seine Worte trafen mich tief.

Er sah mich eindringlich an. „Du hast jetzt die Chance, da zu sein. Nutze sie."

Ein Kloß bildete sich in meinem Hals. Ich nickte langsam.

„Danke… das bedeutet mir wirklich viel."

Er klopfte mir auf die Schulter. „Pass auf dich auf. Und grüß deinen Vater von mir."

Ich nahm meine Schürze ab, hängte sie über die Theke und atmete tief durch. Ich hatte noch nie gespürt, wie sehr ich diesen Moment brauchte, bis ich ihn bekam.

„Danke, Chef." Meine Stimme war leise, aber voller Ehrlichkeit.

„Pass auf dich auf, ja?" sagte er, bevor er sich wieder seinen Aufgaben widmete.

Ich legte meine Schürze ab, verabschiedete mich von meinen Kollegen und machte mich auf den Weg.

Ankunft im Krankenhaus

Die Fahrt zum Krankenhaus fühlte sich endlos an.

Ich saß im Bus, sah die vorbeiziehenden Straßen, aber nahm nichts wirklich wahr. Mein Herz schlug schneller, je näher ich kam.

Als der Bus endlich an der Haltestelle hielt, stieg ich hastig aus und eilte zum Eingang.

Ich wollte meinen Vater sehen.

Ich wollte wissen, dass er wirklich in Sicherheit war.

Und vor allem wollte ich ihm sagen, wie sehr ich ihn liebte

Ich betrat das Krankenhaus mit schnellen Schritten, mein Herz schlug schwer in meiner Brust. Ohne auch nur einen Blick nach links oder rechts zu werfen, lief ich durch die langen, endlosen Flure, direkt auf Zimmer 407 zu – das Zimmer, in dem ich meinen Vater gestern gesehen hatte.

Aber als ich die Tür aufstieß, traf mich eine kalte Leere. Das Bett war gemacht, die Monitore ausgeschaltet. Kein Tropf, keine Gerätschaften mehr, die seinen Zustand überwachten. Mein Blick huschte durch den Raum, als könnte ich ihn irgendwo entdecken, versteckt in einer Ecke. Doch es war niemand da.

Mein Atem beschleunigte sich. Wo waren sie? Meine Mutter, Amina, Amir – sie waren doch sicher hier gewesen, oder? Mein Kopf drehte sich wie ein Karussell, während ich mich umblickte. Der Flur war ebenso leer. Keine bekannten Gesichter, keine Erklärung für die unheimliche Stille.

Ich musste es wissen. Ich musste es sofort wissen.

Mit schnellen Schritten eilte ich zum Schwesternzimmer, wo eine Krankenschwester über ein Formular gebeugt saß und konzentriert schrieb. Ihr Stift kratzte über das Papier, während sie nicht einmal aufsah.

„Entschuldigung…", sagte ich hastig, meine Stimme war leicht zittrig. Sie hob nur eine Hand.

„Einen Moment bitte."

Ich atmete scharf ein und versuchte mich zu beruhigen. Ich wippte auf den Füßen, mein Körper wollte sich bewegen, wollte die Antwort jetzt und sofort. Jede Sekunde zog sich in die Länge, als wären es Minuten, Stunden.

Endlich legte sie den Stift beiseite, sah mich an und lächelte leicht. „Was kann ich für Sie tun?"

„Mein Vater…", begann ich und meine Stimme brach fast. Ich schluckte. „Mein Vater war in Zimmer 407. Ich… Ich finde ihn nicht. Wissen Sie, wo er hingebracht wurde?"

Ihre Miene veränderte sich leicht. Sie war nicht schockiert, aber ihre Augen verrieten eine Spur von Mitgefühl.

Sie blätterte durch einige Unterlagen vor sich, während mein Herz hämmerte.

„Der Name Ihres Vaters?" fragte sie ruhig.

„Tarik … Tarik Hakimi."

Sie fuhr mit dem Finger über die Zeilen, suchte nach einem Eintrag. Dann hielt sie inne. Ich sah, wie ihre Lippen leicht aufeinanderpressten.

„Moment, einen Augenblick." Ihre Stimme war professionell, aber sie wich meinem Blick aus.

Ich schluckte hart.

„Was ist los?" Meine Stimme war kaum mehr als ein Flüstern.

„Einen Moment… Ich rufe jemanden, der Ihnen weiterhelfen kann."

Ich trat einen Schritt zurück. Mein ganzer Körper fühlte sich plötzlich schwer an. Die Luft wurde drückend, mein Magen zog sich zusammen.

„Sagen Sie mir, was passiert ist", sagte ich fester, und ich hörte, wie meine eigene Stimme zitterte.

Ein Arzt kam aus dem Flur, sein weißer Kittel bewegte sich leicht mit jedem Schritt. Sein Blick war ernst, aber nicht kalt. Ich wusste es. Ich wusste es in diesem Moment.

„Sind Sie Herr Hakimis Sohn?" fragte er mit ruhiger Stimme.

Ich nickte langsam.

Er atmete tief ein. „Es tut mir leid… Ihr Vater hat es nicht geschafft."

Ich spürte, wie der Boden unter meinen Füßen nachgab.

„Nein...", flüsterte ich, als hätte ich ihn nicht richtig verstanden. „Das kann nicht sein... Ich war doch gestern noch hier... Er hat noch mit mir geredet... Er war doch wach..."

Der Arzt nickte verständnisvoll. „Er hat in den frühen Morgenstunden einen weiteren Herzinfarkt erlitten. Wir haben alles versucht, aber sein Körper war zu schwach."

Ich hörte ihm zu, aber gleichzeitig auch nicht. Die Worte prallten gegen mich, wie Wellen gegen einen Felsen. Ich fühlte mich, als wäre ich nicht mehr in diesem Raum, nicht mehr in meinem Körper.

„Wo ist meine Mutter?" fragte ich plötzlich. Meine Stimme klang anders, als würde ich aus weiter Ferne zu mir selbst sprechen.

„Sie ist mit Ihrer Schwester und Ihrem Bruder in einem privaten Raum... Ich kann Sie hinbringen."

Ich nickte langsam, mein Blick leer. Meine Beine bewegten sich von selbst, als würde ich durch eine Welt laufen, die plötzlich fremd geworden war.

Als ich schließlich den Raum betrat, sah ich meine Mutter auf einem Stuhl sitzen. Ihr Gesicht war in ihren Händen vergraben, ihre Schultern bebten. Amina saß neben ihr, ihr

Blick starr auf den Boden gerichtet. Amir… Amir war einfach nur da. Reglos.

Ich wollte etwas sagen, aber es gab keine Worte.

Ich trat zu meiner Mutter, kniete mich vor sie und legte meine Hand auf die ihre. Sie sah auf, ihre Augen voller Schmerz.

„Er ist weg…", flüsterte sie mit zitternder Stimme.

Ich nickte nur. Dann umarmte ich sie. Und in diesem Moment brach ich zusammen.

Die Stunden vergingen, aber die Zeit schien stillzustehen. Das Krankenhaus, die sterile Luft, das Flackern der Neonlichter – alles war in einen dumpfen Schleier gehüllt. Ich wusste nicht, wie lange wir so dasaßen, nur dass irgendwann jemand sanft vorschlug, nach Hause zu gehen.

Meine Mutter war erschöpft, Amina hatte rote Augen vom vielen Weinen und Amir wirkte seltsam abwesend. Ich wusste, dass er den Schmerz nicht zeigen wollte, aber es war da – in seinen Augen, in seiner Haltung, in der Art, wie er den Boden anstarrte.

Auf dem Heimweg redete niemand. Der Weg, der mir sonst so vertraut war, erschien mir nun endlos. Jeder Schritt war schwer. Ich versuchte mir vorzustellen, nach Hause zu kommen, die Tür zu öffnen – und ihn nicht mehr

dort zu sehen. Kein Lächeln, kein „Wie war dein Tag?"
Nichts.

„Der Tod nimmt nicht die Liebe mit sich. Er hinter-
lässt sie in denen, die zurückbleiben."

Als wir schließlich die Wohnung betraten, lag eine be-
drückende Stille in der Luft. Normalerweise hätte mein
Vater das Licht im Wohnzimmer angemacht, hätte uns be-
grüßt oder wäre in der Küche gewesen, um uns zu fragen,
was wir essen wollten. Jetzt war es nur Dunkelheit und
Leere.

Ich sah auf die Uhr. Es war fast Zeit für Iftar.

Meine Mutter, die wie in Trance ins Wohnzimmer ge-
laufen war, wischte sich mit einem zittrigen Tuch die Tränen aus dem Gesicht und sah uns an. „Wir sollten essen...", sagte sie leise, fast entschuldigend.

„Mama, du musst nicht...", begann Amina, aber sie
schüttelte den Kopf.

„Er hätte gewollt, dass wir essen. Dass wir unsere Kraft
behalten."

Wir halfen ihr still in der Küche. Jedes Geräusch – das
Klappern von Tellern, das sanfte Brutzeln einer Suppe, das
Einschenken von Wasser – fühlte sich fast fehl am Platz
an. Doch gleichzeitig hatte es etwas Beruhigendes. Als

würde die Routine für einen kurzen Moment den Schmerz überdecken.

Wir saßen alle am Tisch. Das Essen war vor uns, aber niemand wollte den ersten Biss nehmen.

„Bismillah", murmelte meine Mutter schließlich und wir folgten ihr leise.

Doch der Tisch war nicht derselbe. Die Lücke war zu groß. Die Stille zu laut. Es war das erste Iftar ohne ihn.

Nach dem Essen saßen wir noch lange da. Jeder hing seinen Gedanken nach und irgendwann brach meine Mutter die Stille.

„Morgen… wird er begraben."

Das Wort hallte in mir nach. Begraben. Ein letztes Lebewohl, ein endgültiger Abschied.

„Wahrlich, wir gehören Allah und zu Ihm kehren wir zurück." (Quran 2:156)

Ich senkte den Blick. Ich wusste, was jetzt auf uns zukam. Die rituelle Waschung, das Leichengebet, das Hinablassen ins Grab – all das hatte ich schon oft gehört, aber es nie aus dieser Perspektive betrachtet.

Ich schrieb Karam eine Nachricht. Ich wusste, dass er mir Trost spenden wollte, aber ich hatte nicht die Kraft, viel zu reden.

Karam: Bruder, ich bin morgen bei dir.

Ich antwortete nicht, aber ich wusste, dass er da sein würde.

(Er,) Der den Tod erschaffen hat und das Leben, auf daß Er euch prüfe, wer von euch die besseren Taten verrichte; und Er ist der Erhabene, der Allvergebene.

Quran 67:2

Der vierte Tag

HAMZA

Ich hätte niemals erwartet, dass jemand aus meiner Familie jemals unter der Erde liegen würde. Im Leben gehen wir oft durch den Tag, ohne wirklich zu verstehen, wie zerbrechlich alles ist. Wir leben, als ob es immer ein Morgen geben wird, als ob der nächste Tag genauso sein wird wie der vorige. Aber das Leben ist nicht sicher. Der Tod ist plötzlich, leise und unaufhaltsam. Er kommt immer dann, wenn wir es am wenigsten erwarten.

Und doch stand ich nun hier, am Rande des Grabes meines Vaters. Einem Ort, an dem seine irdische Reise endete, ein Ort, an dem wir ihn zum letzten Mal verabschiedeten, bevor er zu seinem Schöpfer zurückkehrte.

„Wahrlich, wir gehören Allah und zu Ihm kehren wir zurück." (Quran 2:156)

Diese Worte hallten in meinem Kopf, während ich am Grab stand und die kalte, feuchte Erde spürte, die ich über den Sarg meines Vaters rieseln ließ. Der Tod ist ein unvermeidlicher Teil des Lebens, das wusste ich. Doch als er einen geliebten Menschen holt, ist es anders. Es gibt keine Vorbereitung auf diesen Moment. Keine Worte können den

Schmerz lindern, keine Tränen können das Loch füllen, das der Verlust hinterlässt.

Der Tag war von einem schweren, grauen Himmel bedeckt. Die Luft war still, als ob die ganze Welt in diesem Moment den Atem anhielt. Um uns herum standen Menschen, die wir kannten, einige, die wir nicht kannten. Doch niemand sprach. Der einzige Laut war das gelegentliche Rascheln von Blättern und das leise Murmeln des Imams, der das Totengebet sprach.

„Allāhumma ghfir lahu warhamhu, wa ʿāfihi waʾfu anhu."

(O Allah, vergib ihm, erbarme dich seiner, gewähre ihm Wohlstand und verzeihe ihm.)

Es war ein Gebet, das in jeder Zelle meines Körpers nachhallte. Ein Gebet für den, der nun von uns gegangen war, für den, der alles für uns getan hatte. Der Imam sprach weiter und wir beteten mit ihm. Wir alle wussten, dass dieser Moment nicht nur der Abschied war, sondern auch eine Reise, die mein Vater nun antrat. Eine Reise, die wir irgendwann alle antreten würden.

Als das Totengebet beendet war, nahmen wir die Erde in unsere Hände. Ich konnte spüren, wie die Kühle der Erde in meine Haut drang, als ich sie langsam über den Sarg meines Vaters rieseln ließ. Es war der letzte Akt, der uns noch mit ihm verband. Ich ließ noch eine Handvoll Erde fallen und fühlte, wie das Gewicht der Welt auf meinen Schultern lastete.

Der Imam und einige Männer begannen, das Grab zu füllen, die Erde auf den Sarg zu schaufeln. Ich konnte das Geräusch hören, das Schaben der Schaufel gegen die Erde, das ständige Klopfen der Erde, die sich um den Sarg legte. Es war ein beunruhigendes Geräusch, als würde die Erde ein Leben verschlingen. Und vielleicht tat sie das auch. Sie nahm alles zurück, was sie uns gegeben hatte.

Ich schaute auf die kleine Menge Erde, die nun das Grab füllte. Meine Mutter, Amina und Amir standen hinter mir, ihre Gesichter waren voller Tränen, ihre Hände zitterten. Sie standen genauso still wie ich, in einem Moment der Stille, der nie enden wollte.

Aber plötzlich, wie aus dem Nichts, brach meine Mutter zusammen. Sie ließ sich vor dem Grab nieder, ihre Hände wühlten in der Erde, als könnte sie meinen Vater wieder herausholen.

„Tarik! Warum hast du mich alleine gelassen? Warum hast du uns verlassen?" schrie sie aus tiefstem Schmerz. Ihre Stimme war verzerrt vor Kummer, jeder Schrei war wie ein Stich ins Herz. Tränen liefen ihr über das Gesicht und sie zitterte am ganzen Körper. „Wie konntest du mich so alleine lassen? Ich brauche dich doch! Wie soll ich ohne dich weiterleben?"

Es war der Schmerz einer Frau, die über Jahre hinweg mit einem Mann an ihrer Seite gelebt hatte, der nun nicht mehr da war. Der Mann, mit dem sie ihre Kinder großgezogen hatte, der sie in den schweren Zeiten unterstützt hatte und der ihr in den ruhigen Stunden immer ein sicherer Hafen gewesen war. Und jetzt stand sie da, vor seinem Grab, unfähig zu begreifen, dass er für immer fort war.

Die Worte, die sie rief, waren von tiefer Verzweiflung und Trauer durchzogen. Es war, als würde der Boden unter ihren Füßen nachgeben, als wäre sie in diesem Moment in eine Tiefe gefallen, aus der es kein Zurück gab. Die anderen Menschen um uns herum standen schweigend da, keiner wagte es, etwas zu sagen. Die Luft war von einer schmerzhaften Schwere durchzogen.

Ich konnte kaum einen klaren Gedanken fassen. Es war, als ob der Schmerz meiner Mutter auch in mir widerhallte. Die Bilder von all den Jahren, die wir zusammen verbracht hatten, zogen wie ein Film vor meinen Augen ab. Wie mein Vater uns immer beschützte, wie er uns zum Lachen brachte, wie er uns aufbaute, wenn es schwer war. Jetzt war er fort, und all diese Erinnerungen schienen wie ein ferner Traum.

Amir und Amina standen neben mir, ihre Gesichter waren ebenso voller Tränen. Es war schwer, für sie zu sehen, wie ihre Mutter zusammenbrach. Doch auch sie wussten, dass es der natürliche Lauf der Dinge war, dass die Trauer auf ihre eigene Weise herauskommen musste. Ich konnte nichts tun, außer meiner Mutter beizustehen, sie zu stützen, auch wenn mein Herz selbst von dieser Trauer zerfetzt war.

„Tarik, du warst mein Leben, meine Liebe! Warum bist du so plötzlich fort?" schrie meine Mutter weiter.

Plötzlich legt sich meine Mutter auf den Boden.

„Begrabt mich auch! Lasst mich auch bei ihm!" schrie sie plötzlich, ihre Stimme voller Verzweiflung. „Ich will nicht weiterleben! Er war alles für mich!" Ihre Worte brachen durch die Stille des Friedhofs und durchbrachen alles, was noch an Ruhe übrig war.

Sie nahm Erde vom Boden und schüttete es auf sich.

„Los begrabt mich, auf was wartet ihr", schrie sie, doch keiner wagte sich zu rühren.

„Bitte, Mama, steh auf", versuchte ich mit zittriger Stimme. Doch sie schüttete weiterhin Erde auf sich, als wollte sie sich selbst mit der Erde vereinen, als wollte sie sich in die Dunkelheit zurückziehen.

„Mama, hör auf… wir sind noch hier. Du bist nicht allein."

Doch sie hörte nicht. Sie starrte weiter auf das frisch zugeschüttete Grab meines Vaters und schrie erneut: „Warum? Warum hast du mich allein gelassen?"

Ihre Worte rissen mich fast auseinander und ich konnte den Schmerz in ihrem Blick sehen, der uns alle in diesen Moment hineinzog. Es war, als hätte der Tod nicht nur meinen Vater genommen, sondern auch einen Teil von ihr.

Sie schien zu glauben, dass auch sie nun Teil dieses Grabes werden sollte, dass sie mit ihm gehen sollte, als könne der Schmerz durch den Tod verschwinden.

Es war der Moment, in dem der Tod greifbar wurde. Nicht mehr nur eine abstrakte Vorstellung, sondern eine bittere Realität. **„Der Tod ist die Brücke zwischen diesem Leben und dem ewigen Leben."**

Ich verstand diese Worte jetzt auf eine Weise, die ich nie erwartet hatte. Es war keine metaphorische Brücke. Es war der echte Übergang, den wir alle irgendwann einmal gehen würden.

Als das Grab schließlich vollständig bedeckt war, trat jeder von uns noch einmal vor. Ich sah, wie meine Mutter leise weinte und eine letzte Geste der Liebe an das Grab meines Vaters richtete. Sie sagte nichts. Sie musste nichts sagen. Ihre Tränen waren alles, was sie ausdrücken konnte. Ihre Trauer war laut genug. Sie trat zurück und ich folgte ihr.

Wieder in der Wohnung, war alles ruhig. Zu ruhig. Der leere Stuhl am Tisch, das leise Ticken der Uhr im Hintergrund, die Geräusche, die sonst Teil unseres Alltags waren – sie fühlten sich plötzlich so fremd an.

Es war, als ob der Raum selbst den Schmerz atmete. Ich konnte nichts tun, um das Gefühl zu vertreiben, dass etwas unwiderruflich verloren war. Mein Vater, der immer da war, der uns beschützte, uns führte und uns so viele Lektionen erteilt hatte, war nun fort. Die Stille war ohrenbetäubend und die Einsamkeit, die sie mit sich brachte, war erdrückend.

Meine Mutter setzte sich auf das Sofa und sah aus dem Fenster, als ob sie dort draußen eine Antwort suchen würde. Amina und Amir saßen mit gesenktem Kopf, in ihren Händen zitterte die Stille. Kein Wort wurde gesprochen. Es gab nichts zu sagen. Was konnte man in einem Moment wie diesem sagen?

Die Worte des Imams hallten immer noch in meinem Kopf. **„Du wirst zurückkehren zu Deinem Schöpfer, und Er wird dich richten für das, was du getan hast."**

Wir alle waren in diesem Moment mit der Tatsache konfrontiert, dass das Leben so zerbrechlich ist. Meine Mutter stand irgendwann auf, trat zum Tisch und begann, das Abendessen zu bereiten. Es war ein stiller Akt des Überlebens, eine Handlung, die uns wieder in die Welt zurückbrachte, die wir kannten, aber sie war auch eine Erinnerung daran, dass das Leben weitergeht. Auch wenn der Schmerz nie ganz verschwinden würde, mussten wir weiter atmen, weiterleben.

Der Tod vor dem ihr flieht, wird euch sicher ereilen. Dann werdet ihr zu Dem zurückgebracht werden, Der es kennt, das Verborgene und das Sichtbare; und Er wird euch verkünden, was ihr zu tun pflegtet

Quran 62:8

Der fünfte Tag

HAMZA

Als ich den langen Flur entlangging, den Kopf voll mit Gedanken, die sich wie Nebel um mein Herz wickelten, fiel mein Blick auf das Glasfenster, das den Übergang zur Küche trennte. Ich sah meine Mutter, wie sie in der Küche stand und das Essen zubereitete. Ihre Bewegungen waren ruhig, fast mechanisch. Die vertraute Szene, die ich unzählige Male gesehen hatte, schien in diesem Moment fremd, entstellt. Ihr Gesicht war bleich, ihre Augen tief und leer, als ob sie durch mich hindurch blickte, ohne mich wirklich zu sehen.

In meinem Leben hätte ich nie geglaubt, dass es „lebende Tote" gibt. Doch in diesem Augenblick schien sie einer von ihnen zu sein. Etwas von ihr war verloren gegangen, wie ein Teil von ihr, der mit meinem Vater unter der Erde geblieben war. Ich wusste, dass sie uns nicht verlassen hatte, aber ich konnte den Schmerz in ihr spüren, das tiefe Loch, das der Verlust hinterlassen hatte. Und ich wusste nicht, wie ich ihr helfen konnte.

Plötzlich vibrierte mein Handy in meiner Tasche. Es war Karam. Ich wusste, dass er mich anrufen würde, er hatte mich schon öfter zum Tarāwīh-Gebet eingeladen, besonders in diesen Tagen.

„Hey, Bruder, wollen wir zum Tarāwīh gehen?" hörte ich seine vertraute Stimme am anderen Ende der Leitung.

Ich zögerte einen Moment, der Gedanke an das Gebet kam mir in den Kopf, aber auch der Gedanke an das, was mich gerade überflutete – der Verlust, der Schmerz, der Zweifel, der in mir wuchs.

„Ich weiß nicht, Karam", sagte ich schließlich, meine Stimme brüchig. „Ich… Ich bin nicht sicher, ob ich heute in der Lage bin, zum Gebet zu gehen. Ich fühle mich nicht wirklich verbunden mit allem gerade."

Karam antwortete ruhig, aber ich spürte das Bedauern in seiner Stimme: „Ich verstehe, Bruder. Wenn du etwas brauchst, bin ich hier. Lass es mich wissen."

Ich legte auf, steckte das Handy wieder in meine Tasche und ging weiter in die Küche, wo meine Mutter immer noch stand, das Essen zubereitend, während die Stille zwischen uns immer lauter wurde. Wir hatten uns nicht viel gesagt, nicht seit dem Tag, an dem mein Vater gestorben war. Es fühlte sich an, als ob die Worte zu schwer waren, als ob jeder Versuch, zu sprechen, uns weiter auseinandertreiben würde.

Schließlich setzte ich mich zum Iftar-Tisch. Der Duft von frisch zubereitetem Essen erfüllte den Raum, aber es war nicht wie früher. Früher war Iftar ein Moment der Freude, des Zusammenseins, des Dankes. Doch jetzt fühlte es sich wie eine leere Geste an. Die Speisen schmeckten irgendwie anders, als ob sie nur eine Erinnerung an das Leben waren, das wir einmal hatten.

Die Stille am Tisch war erdrückend. Niemand sagte viel, jeder war in Gedanken versunken, jeder mit seinem eigenen Schmerz. Die Gespräche, die wir früher bei Iftar führten, fehlten. Stattdessen aßen wir einfach, jeder für sich, ohne wirklich zu spüren, dass wir zusammen waren.

Ich konnte nicht anders, als zu zweifeln. Zweifel an meinem Glauben, an meiner Stärke, an der Bedeutung dieses Fastens.

Es war, als ob mein Glaube durch den Verlust erschüttert wurde, als ob ich nicht mehr wusste, wohin ich gehören sollte. Wie konnte ich weiter fasten, beten, hoffen, wenn alles, was ich kannte, sich auflöste? Wo war der Trost, den der Glaube verspricht? Warum fühlte es sich an, als wäre alles nur ein leerer Akt, ohne Bedeutung?

Die Frage brannte in mir, aber ich wusste keine Antwort. Und so saß ich dort, stumm, den Löffel in der Hand haltend, der Tisch voller Menschen, die alle das gleiche

Gefühl der Leere teilten, ohne es laut auszusprechen. Es war ein Iftar ohne Freude, ohne Licht. Ein Iftar, der wie ein Schatten über uns lag, schwer und düster.

Wer seinen muslimischen Bruder mitten in der Nacht zum Gebet weckt, wird den Lohn erhalten, ein Haus im Paradies zu bauen

Mohammad Saw

Der sechste Tag

HAMZA

Als ich am Morgen aufwachte, war das erste, was ich spürte, der leere Bauch, der sich durch das Fehlen des Sahur noch leerer anfühlte. Ich konnte mich nicht aufraffen, nachts aufzustehen, um zu essen. Es fühlte sich leichter an, in meinen Träumen zu versinken, als die harte Realität zu konfrontieren. Der leere Magen schien der Ausdruck eines noch größeren inneren Leers, den ich in mir trug.

Es war der erste Freitag ohne meinen Vater. Ich konnte es kaum fassen. Freitags hatten wir immer zusammen das Gebet in der Moschee besucht. Ich erinnerte mich an die unzähligen Male, als ich zu spät gekommen war und er mich schimpfte.

"Baba, meine Lehrerin hat später Schluss gemacht", sagte ich dann oft als Ausrede, obwohl ich wusste, dass die wahre Ursache darin lag, dass ich immer viel zu lange in Gespräche mit meinen Freunden vertieft war. Mein Vater hatte nie nachgelassen, mir zu vermitteln, wie wichtig es war, den Glauben nicht zu verlieren, immer zwischen richtig und falsch zu unterscheiden und Allah an erste Stelle zu setzen. Er war mein moralischer Kompass, mein Vorbild.

Doch jetzt, wo er nicht mehr da war, fühlte es sich an, als ob dieser Kompass plötzlich zerbrochen war. Es waren erst zwei Tage vergangen, aber es fühlte sich an, als sei mein ganzes Leben aus den Fugen geraten. Ich fragte mich ständig, ob ich weiterhin auf dem richtigen Weg war, ob mein Glaube weiterhin stark genug war, um mich zu tragen. Es war, als hätte ich die Verbindung zu dem verloren, was früher so selbstverständlich war. Der Schmerz des Verlusts hatte mich so überwältigt, dass ich das Gefühl hatte, mich selbst zu verlieren. Ich wusste nicht mal mehr, wann ich das letzte Gebet verrichtet hatte.

Als ich die Wohnung verließ und mich auf den Weg zur Arbeit machte, bemerkte ich Karam, der gerade auf dem Weg zum Freitagsgebet war. Als er mich sah, blieb er stehen und winkte mir zu.

"Heute ist der erste Freitag ohne deinen Vater, oder?", fragte er mit sanfter Stimme, als ich näherkam. "Ich wollte dich fragen, ob du mitkommst, aber ich sehe, dass du es wahrscheinlich nicht willst."

Ich schüttelte nur den Kopf und sagte leise: „Ich weiß nicht, Karam… Ich denke nicht."

Karam sah mich für einen Moment still an, dann legte er mir eine Hand auf die Schulter. „Es ist okay, Bruder. Du musst nichts erzwingen. Wenn du reden willst oder einfach nur jemanden brauchst, der für dich da ist, weißt du, wo du mich findest."

Ich nickte ihm dankbar zu, doch der Knoten in meinem Hals machte es schwer, ihm ein Lächeln zu schenken. Karam ging weiter, und ich setzte meinen Weg fort, doch sein Angebot ließ mich nicht los.

Als ich auf der Arbeit ankam, war der Tag genauso schwer wie der Rest der Woche. Ich konnte mich kaum konzentrieren. Mein Kopf war voll mit Gedanken an meinen Vater und der Leere, die sein Fehlen hinterlassen hatte.

Mein Chef bemerkte meine Unkonzentriertheit und rief mich zu sich.

„Du siehst aus, als ob dir etwas auf dem Herzen liegt. Du weißt, dass du jederzeit zu mir kommen kannst, wenn du reden möchtest", sagte er mitfühlend. Ich zögerte einen Moment, doch dann erzählte ich ihm von dem Verlust meines Vaters. Ich sprach über die Trauer, die mich überwältigte, über die Leere, die mich umhüllte, und darüber, wie schwer es war, an meinen Glauben festzuhalten, seitdem er gegangen war.

Mein Chef sah mich einen Moment lang nachdenklich an, bevor er tief durchatmete. „Ich sehe, dass du mit den Gedanken ganz woanders bist", sagte er sanft. „Und ehrlich gesagt, das ist vollkommen verständlich. Niemand erwartet von dir, dass du nach so einem Verlust einfach weitermachst, als wäre nichts geschehen."

Er legte eine Hand auf die Tischplatte und lehnte sich etwas nach vorne. „Weißt du, Arbeit kann warten. Das hier", er deutete auf mich, „das ist wichtiger. Deine Familie ist wichtiger. Du brauchst Zeit, um das alles zu verarbeiten. Geh nach Hause, ruh dich aus, sei bei deiner Mutter und deinen Geschwistern."

Ich wollte etwas sagen, aber er hob die Hand. „Das ist kein Befehl, nur ein Vorschlag. Ich weiß, dass manche Menschen in der Arbeit Ablenkung finden. Aber ich sehe dir an, dass das gerade nicht der Fall ist."

Ich nickte langsam. Vielleicht hatte er recht. Vielleicht sollte ich einfach gehen.

„Danke, Chef", murmelte ich.

„Pass auf dich auf, ja?" Er lächelte kurz, bevor er sich wieder seiner Arbeit zuwandte.

Ich verließ das Büro, nahm meine Jacke und verließ den Laden. Die Straßen waren voller Menschen, die ihrem Alltag nachgingen, als wäre nichts geschehen. Als wäre die Welt nicht für mich stehen geblieben.

Ich lief ziellos umher. Nach Hause wollte ich nicht. Ich konnte den Schmerz in den Augen meiner Mutter und Geschwister nicht mehr sehen. Also lief ich einfach weiter. Immer weiter, bis ich irgendwann in einer Gasse stand, wo einige junge Männer herumhingen. Sie rauchten, tranken, lachten laut, schienen frei von Sorgen.

Einer von ihnen, ein Kerl mit einer schwarzen Jacke und Kappe, sah mich an. „Alles klar, Bruder? Du siehst fertig aus."

Ich wusste nicht, was mich dazu brachte, bei ihnen stehen zu bleiben. Vielleicht suchte ich nach Ablenkung, nach irgendetwas, das mich aus dieser Dunkelheit herauszog.

„Lass mich raten", sagte er grinsend. „Du brauchst was, um runterzukommen?"

Ich antwortete nicht, aber er kramte bereits ein Getränk aus seiner Tasche und hielt sie mir hin.

„Probier's mal. Du wirst dich besser fühlen."

Ich wusste, dass ich es nicht tun sollte. Ich wusste, dass mein Vater mich verfluchen würde, wenn er mich so sehen könnte. Aber gerade in diesem Moment war mir alles egal.

Ich griff nach der Tüte.

Ich hielt die kleine Plastiktüte in der Hand und starrte sie an. Mein Herz schlug schneller, während ich mit mir rang. Ich wusste, dass das nicht richtig war, dass ich damit einen Weg einschlug, den ich vielleicht irgendwann bereuen würde. Aber genau das war der Punkt – irgendwann. Nicht jetzt. Jetzt wollte ich nur nicht fühlen.

„Na los, Bruder", sagte der Typ mit der schwarzen Kappe und grinste mich an. „Nur ein kleiner Schluck, dann vergisst du den ganzen Stress für 'ne Weile."

Ich sah mich um. Die anderen in der Gruppe nickten mir aufmunternd zu, einige hielten bereits Flaschen in der Hand, aus denen sie tranken.

Ich atmete tief durch, dann nahm ich die Flasche, die mir gereicht wurde und setzte sie an die Lippen. Der erste Schluck brannte in meiner Kehle, und ich verzog das Gesicht, was einige der Jungs zum Lachen brachte.

„Haha, der Bruder ist noch neu dabei", sagte einer, ein breitschultriger Kerl mit einer Lederjacke.

„Keine Sorge, es wird mit der Zeit besser."

Ich zwang mich zu einem schwachen Lächeln und nahm noch einen Schluck. Und noch einen.

Nach einer Weile begann mein Kopf leichter zu werden. Der Druck auf meiner Brust, der mich die letzten Tage fast erdrückt hatte, schien langsam nachzulassen.

„Also, was führt dich zu uns?", fragte der Typ mit der Kappe, während er sich auf einen umgekippten Mülleimer setzte.

Ich überlegte kurz, ob ich ehrlich sein sollte. Dann zuckte ich mit den Schultern. „Mein Vater ist vor ein paar Tagen gestorben."

Ein kurzes Schweigen legte sich über die Gruppe. Dann nickte einer der Männer, ein blonder Kerl mit einer Narbe über der Augenbraue. „Scheiße, Mann. Das ist hart. Mein Beileid."

„War er krank?", fragte ein anderer.

Ich schüttelte den Kopf. „Herzinfarkt. Ganz plötzlich."

Ein paar von ihnen tauschten Blicke aus, dann klopfte mir der Typ mit der Lederjacke auf die Schulter.

„Bruder, das Leben fickt uns alle irgendwann. Frag nicht warum, frag nicht wieso. Trinken wir lieber darauf, dass er jetzt an einem besseren Ort ist."

Ich wusste nicht, ob mein Vater diesen Ort gutheißen würde. Aber an diesem Abend war mir das egal. Also hob ich die Flasche und nahm noch einen tiefen Schluck.

Das Lachen um mich herum wurde lauter, die Stimmen wurden vertrauter, und für einen Moment fühlte ich mich nicht mehr wie der verlorene Sohn, der seinen Glauben und seine Familie im Stich ließ.

Die Stunden vergingen schneller, als ich erwartet hatte.

„Jungs, ich muss los", sagte ich schließlich und erhob mich träge.

„Schon?", fragte einer von ihnen, während er sein Glas schwenkte.

„Ja, ich muss nach Hause. Es ist Iftar."

„Iftar, was ist das denn?" fragte einer der Jungs und zog fragend die Augenbrauen hoch.

Ich lehnte mich zurück und überlegte kurz, wie ich es erklären sollte.

„Iftar ist das Fastenbrechen im Ramadan. Wir fasten den ganzen Tag, von der Morgendämmerung bis zum Sonnenuntergang, und erst wenn die Sonne untergeht, dürfen wir wieder essen und trinken."

Ein anderer lachte kurz und schüttelte den Kopf.

„Also nichts essen und trinken den ganzen Tag? Auch kein Wasser?"

„Nein, nichts", antwortete ich ruhig.

„Boah, das könnte ich nicht", meinte er und nahm einen tiefen Schluck aus seinem Glas. „Warum tut ihr euch das überhaupt an?"

Ich zögerte. Früher hätte ich eine Antwort gehabt. Früher hätte ich gesagt, dass es darum geht, Disziplin zu lernen, Dankbarkeit zu empfinden und sich Gott näher zu fühlen. Aber jetzt? Jetzt fühlte sich das alles so fern an.

„Ist halt Tradition", sagte ich schließlich nur und zuckte mit den Schultern. Ich merkte, dass mir die Worte fehlten, dass etwas in mir nicht mehr so fest verankert war wie früher.

Einer der Jungs klopfte mir auf die Schulter. „Mann, dann brech doch heute mal mit uns dein Fasten."

Ich lachte trocken. „Ich faste heute eh nicht."

Ein paar der Jungs grinsten und klopften mir auf die Schulter. „Dann nächstes Mal wieder? Du bist cool drauf, Mann. Hat Spaß gemacht."

Ich zwang mir ein Lächeln auf. „Ja, mal sehen."

Während ich durch die dunklen Straßen lief, spürte ich, wie sich der kalte Wind in meine Jacke fraß. Meine Gedanken rasten. Zuhause würde meine Mutter am Tisch sitzen, still, mit leeren Augen. Amina und Amir würden das Essen kaum anrühren. Und ich würde schweigend dasitzen, während das Gewicht der Schuld auf meinen Schultern lastete.

Bevor ich nach Hause ging, bog ich in einen kleinen Laden an der Ecke ab. Ich schnappte mir eine Packung Kaugummi und eine kleine Flasche Parfüm. Die Kassiererin musterte mich kurz, als sie das Parfüm über den Scanner zog, aber sagte nichts. Ich wusste, warum ich es kaufte. Ich wollte nicht, dass meine Mutter oder meine Geschwister den Geruch wahrnahmen. Ich wollte nicht, dass sie Fragen stellten, die ich nicht beantworten konnte.

Als ich schließlich die Wohnungstür aufschloss, schlug mir der vertraute Geruch von warmem Essen entgegen. Der Tisch war gedeckt, aber niemand sprach. Ich setzte mich wortlos, nahm mir etwas zu essen und kaute langsam. Das war kein Iftar. Das war einfach nur eine weitere Mahlzeit in einem Haus, das seinen Herzschlag verloren hatte.

Nach dem Essen zog ich mich sofort in mein Zimmer zurück. Ich legte mich aufs Bett und starrte die Decke an, als mein Handy vibrierte. Karam.

Ich sah den Namen auf dem Display. Er würde mich fragen, ob ich mit zum Tarawih-Gebet gehe. Er würde mich fragen, wie es mir geht.

Ich ließ es klingeln. Dann noch einmal. Schließlich verstummte es.

Stattdessen griff ich nach meiner Jacke, schnappte mir meine Kopfhörer und verließ leise das Zimmer. Ich wollte mich nicht mit Gott beschäftigen. Nicht heute. Nicht jetzt.

Also lief ich einfach los, in eine Nacht, die mir mehr Trost zu geben schien als mein eigenes Zuhause.

O ihr, die ihr glaubt, wenn zum Freitagsgebet gerufen wird, dann eilt zum Gedenken Allahs und stellt den Geschäftsbetrieb ein. Das ist besser für euch, wenn ihr es nur wüsstet.

Quran 62:9

Der siebte Tag

HAMZA

Endlich Wochenende.

Ich lag auf dem Rücken und starrte an die Zimmerdecke. Kein Wecker, der mich zwang, aufzustehen. Keine Arbeit, die auf mich wartete. Keine Uni, in der ich anwesend sein musste. Keine Verpflichtungen. Zum ersten Mal seit Tagen spürte ich keine Last auf meinen Schultern.

Früher hätte ich mich an einem Samstagmorgen auf das Wochenende gefreut, hätte Pläne mit Karam gemacht oder mich darauf vorbereitet, mit meinem Vater die Moschee zu besuchen. Doch jetzt? Jetzt war alles anders.

Ich zog mein Handy aus der Ladestation und scrollte durch meine Nachrichten. Karam hatte mir gestern mehrmals geschrieben. Ich hatte keine einzige Nachricht beantwortet.

"Bruder, wie geht's dir? Ich bin für dich da."

"Hast du Lust, heute Abend mit mir zur Moschee zu gehen? Wir können danach was essen."

"Melde dich mal. Ich mache mir Sorgen um dich."

Ich seufzte. Ich wusste, dass ich mich melden sollte. Ich wusste, dass er nur das Beste für mich wollte. Aber ich konnte nicht. Es fühlte sich an, als wäre eine unsichtbare Mauer zwischen uns entstanden. Eine Mauer, die ich selbst errichtet hatte.

Dann fiel mir etwas ein. Letzten Samstag hatte ich Karam versprochen, mit ihm in ein Café zu gehen. Einfach, um etwas Zeit miteinander zu verbringen, zu reden. Ich erinnerte mich an sein Lächeln, als ich ihm zugesagt hatte.

"Bruder, ich freu mich drauf. Es wird gut tun, mal wieder normal zu reden."

Doch ich hatte nicht vor, mein Versprechen zu halten.

Ich setzte mich auf die Bettkante und rieb mir über das Gesicht. Mein Kopf war schwer, meine Gedanken wirr.

Ich zog mich an, sprühte etwas Parfüm auf und verließ die Wohnung, ohne meiner Mutter Bescheid zu geben. Draußen wehte eine leichte Brise, aber ich fühlte sie kaum.

Es dauerte nicht lange, bis ich ankam. Dieselben Leute wie gestern. Dieselben Flaschen auf dem Tisch. Dieselben unbedeutenden Gespräche, die nichts mit dem echten Leben zu tun hatten.

„Ey, da ist er ja wieder!", rief einer von ihnen und grinste. „Ich wusste, dass du nicht lange brauchst, um wiederzukommen."

Ich zwang mir ein Lächeln auf und setzte mich zu ihnen.

„Also, was machen wir heute?" fragte ich und nahm das Glas entgegen, das mir gereicht wurde.

Zweiter Teil

„Sei gut zu dem,
der schlecht zu dir ist."

Mohammed Saw

Der 20. Tag

HAMZA

„Jungs, los jetzt!", rief ich ihnen zu, meine Stimme drängend, fast atemlos vor Nervenkitzel.

Ich stand vor dem Eingang, mein Herz hämmerte gegen meine Brust, während die anderen drinnen, wie Schatten zwischen den Regalen huschten. Der Kassierer, ein älterer Mann mit müden Augen, hatte nichts bemerkt. Noch nicht. Ich sah, wie Egzon eine Flasche Whisky in seine Jackentasche gleiten ließ, während Daniel und die anderen Dosenbier und Snacks einsteckten.

„Hey, was macht ihr da?!", ertönte plötzlich die Stimme des Kassierers, scharf wie ein Messer.

Er hatte es bemerkt.

Ein Moment der Stille – dann brach das Chaos los. Egzon stieß ein Regal um, Dosen und Flaschen prasselten klirrend auf den Boden, als alle losrannten. Daniel war der Erste, der durch die Tür stürmte, dicht gefolgt von den anderen. Ich spürte, wie mein Körper in Bewegung geriet, meine Beine gehorchten automatisch. Adrenalin durchflutete meine Adern, während meine Füße auf den Asphalt knallten.

„Stehen bleiben, verdammt!", brüllte der Kassierer hinter uns her, aber es war sinnlos.

Wir rannten durch die dunklen Straßen, Seitenstraßen, enge Gassen. Mein Atem brannte in meiner Kehle, aber ich lachte. Es war ein hysterisches, berauschtes Lachen – nicht aus Freude, sondern aus einer Art Wahnsinn, den ich nicht kannte.

Erst als wir uns weit genug entfernt hatten, hielten wir keuchend an einer alten Bushaltestelle an. Egzon zog die Flasche aus seiner Jacke und grinste breit.

„Perfekt, Alter! Gratis Drinks für alle."

Daniel klopfte mir auf die Schulter. „Bruder, du bist der Beste. Ohne dich hätten wir's nicht geschafft."

Ich nickte nur und griff nach einer der Bierdosen, riss sie auf und nahm einen tiefen Schluck. Das kalte, bittere Getränk rann meine Kehle hinab. Es fühlte sich gut an.

Mein Körper war voller Adrenalin. Mein Herz raste, meine Atmung war flach, doch ich fühlte mich lebendig. So lebendig wie schon lange nicht mehr.

Egzon stand neben mir, seine Augen leuchteten voller Unruhe, seine Hände rieben sich aneinander, als könnte er es kaum abwarten, wieder etwas anzustellen. „Was machen wir als Nächstes, Jungs?", fragte er mit einer Stimme, die vor Aufregung vibrierte.

Ich sah mich um. Hasan trank noch einen Schluck aus der gestohlenen Whiskyflasche, lehnte sich gegen eine Wand und lachte. Murat zog an seiner Zigarette, ließ den Rauch langsam entweichen und sah Egzon grinsend an.

„Irgendwas Heftiges", sagte Murat. „Heute Nacht wird legendär."

Ich spürte, wie ein dunkler Rausch mich überkam.

Plötzlich trat Daniel einen Schritt nach vorne. Seine Miene war ernster als sonst, seine Hände steckten in den Taschen seiner schwarzen Jacke, und sein Blick huschte zu mir.

„Jungs, ich bin erst mal raus", sagte er.

Egzon runzelte die Stirn. „Was? Wieso das denn?"

Daniel sah kurz zu Boden, dann zu uns. „Ich hab noch was zu klären. Ist privat."

Murat blies den Rauch seiner Zigarette aus und schnalzte mit der Zunge. „Ey, Daniel, komm schon, Mann. Was ist los? Wir haben die Nacht unseres Lebens."

Doch Daniel schüttelte nur den Kopf. „Ich klär das erst. Danach sehen wir weiter."

Er drehte sich um, winkte kurz ab und machte sich mit ein paar anderen Jungs auf den Weg in die Dunkelheit der Nacht. Ich wusste nicht, wohin er ging, und ehrlich gesagt, interessierte es mich auch nicht.

Egzon lachte leise. „Scheiß drauf, der hat eh immer seine eigenen Dinger am Laufen."

Ich nickte nur, während ich mit meiner Zunge über meine trockenen Lippen fuhr. Ein Teil von mir fragte sich, was Daniel meinte. Doch der andere Teil – der Teil, der nichts mehr fühlen wollte – wollte nur weitermachen.

„Was jetzt?", fragte Murat und sah mich an.

Egzon lachte laut und zog etwas aus seiner Tasche.

„Ich hab da schon was vorbereitet."

KARAM

„Karam, hast du Hamza gesehen?"

Die Stimme von Hamzas Mutter zitterte leicht, als sie die Frage stellte. Sie stand in der Tür zum Wohnzimmer, ihre Hände umfassten eine Teetasse, deren Inhalt sie schon lange nicht mehr angerührt hatte. In ihren Augen lag eine Mischung aus Sorge und Erschöpfung, als sie Karam ansah, der auf dem Sofa saß und seinen Tee ebenfalls kaum beachtet hatte.

Karam hob den Blick zu ihr und seufzte leise. „Ich habe ihn leider seit fast zwei Wochen nicht mehr gesehen", sagte er ehrlich, während er seinen Tee abstellte. Sein Blick fiel auf das Familienfoto, das auf dem Regal neben dem Fernseher stand – ein älteres Bild, auf dem Hamza mit seinen Eltern und Geschwistern zu sehen war. Sein Lächeln auf dem Foto war strahlend, voller Leben, voller Zuversicht. Doch der Hamza, den Karam zuletzt gesehen hatte, war ein anderer.

Hamzas Mutter setzte sich langsam auf einen Stuhl am Esstisch und schüttelte den Kopf.

„Er hat sich irgendwie verändert", sagte sie mit brüchiger Stimme.

Karam gab ihr recht: „Ich sehe ihn nicht mehr in der Uni, nicht mehr in der Moschee. Er geht an keine Anrufe mehr ran."

Karam hatte es selbst bemerkt, aber er wusste nicht, wie er es in Worte fassen sollte. Hamza war nicht mehr derselbe. Früher war er immer zuverlässig gewesen, hatte keinen einzigen Gebetsruf verpasst, war stets in der Moschee gewesen, um zu beten, um mit ihnen zu sitzen, zu reden, zu lachen. Doch nun war er verschwunden, nicht nur körperlich, sondern auch seelisch.

„Ich mache mir solche Sorgen", fuhr seine Mutter fort und rieb sich mit den Fingerspitzen die Schläfen. „Ich höre ihn spät nachts nach Hause kommen, aber ich weiß nicht, wo er war, mit wem er unterwegs ist. Sein Zimmer riecht nach fremden Parfums, nach Rauch – das ist nicht mein Sohn. Ich erkenne ihn nicht wieder. Seit sein Vater weg ist ... seit Tarik weg ist, ist er anders. Er verändert ist."

Karam schwieg. In ihm kämpften Gedanken gegeneinander. Sollte er ihr sagen, was er wusste? Dass er Gerüchte gehört hatte, dass Hamza mit Leuten unterwegs war, die nichts Gutes im Sinn hatten? Dass er ihn in Ecken gesehen hatte, in denen er niemals hätte sein sollen?

„Tante, ich werde versuchen, mit ihm zu reden", sagte er schließlich.

Seine Mutter hob den Kopf und sah ihn hoffnungsvoll an.

„Würdest du das tun? Bitte, Karam… Ich weiß nicht mehr weiter."

Karam nickte fest. „Ich werde ihn finden."

Doch Karam wusste selbst nicht, wie er das ganze angehen konnte, wie er an Hamza rankommen konnte.

Als Karam das Haus verließ, hallte noch die besorgte Stimme von Hamzas Mutter nach. Die Nacht war bereits hereingebrochen und die Straßenlaternen warfen ein mattes Licht auf den Gehweg. Er holte sein Handy aus der Tasche und tippte Hamzas Nummer ein. Wieder einmal.

Das Freizeichen ertönte. Einmal. Zweimal. Dreimal.

Dann die vertraute, aber mittlerweile frustrierende Ansage:

„Die von Ihnen gewählte Rufnummer ist derzeit nicht erreichbar."

Karam biss die Zähne zusammen. Er hatte es in den letzten Tagen immer wieder versucht, hatte Hamza Nachrichten geschickt, die unbeantwortet blieben. Er hatte sogar einige seiner alten Freunde gefragt, ob sie ihn gesehen hätten, doch die Antworten waren immer dieselben – Schulterzucken, fragende Blicke, ausweichende Antworten.

Er blieb kurz stehen, atmete tief durch und versuchte es ein letztes Mal. Doch auch diesmal – nichts.

„Verdammt, Hamza… Wo steckst du nur?" murmelte er und steckte das Handy zurück in seine Jackentasche.

Mit jedem weiteren erfolglosen Versuch fühlte es sich mehr an, als würde Hamza langsam aus seinem Leben verschwinden. Und nicht nur aus seinem, sondern aus dem Leben seiner Familie, seiner Freunde, seiner eigenen Identität.

Karam seufzte und setzte seinen Weg nach Hause fort. Sein eigener Alltag ließ ihm kaum Zeit, sich um alles zu kümmern. Hamza war nicht das einzige Problem in seinem Leben.

Als Karam seine Wohnung betrat, schlug ihm sofort die drückende Stille entgegen. Die Luft war stickig, als hätte seit Tagen niemand das Fenster geöffnet. Er schaltete das Licht ein, ging in die Küche und ließ sich auf einen Stuhl fallen.

Sein Blick fiel auf die ungeöffneten Rechnungen, die sich auf dem Tisch stapelten. Strom, Miete, Mahnungen. Die roten Markierungen auf den Briefen verrieten ihm, dass er längst in Verzug war.

„Ich brauche Geld… und zwar schnell", murmelte er und fuhr sich mit den Händen durch die Haare.

Er war in der letzten Zeit zu tief in Dinge geraten, die er früher nie für möglich gehalten hätte. Erst hatte er sich

Geld geliehen, um ein paar Rechnungen zu begleichen, doch das hatte nicht gereicht. Dann hatte er sich noch mehr geliehen, in der Hoffnung, es bald zurückzahlen zu können. Doch es war ein Teufelskreis. Die Schulden wurden größer, die Fristen kürzer, und die Menschen, bei denen er sich das Geld geliehen hatte, wurden ungeduldiger. Er lebte nur mit seinem Vater zusammen, aber dieser war nie Zuhause, war eher beschäftigt sein Geld für Drogen und Nutten auszugeben. In seiner Welt gab es keinen Platz für Familie, Kinder und Religion.

Plötzlich vibrierte Karams Handy. Eine Nachricht von einer unbekannten Nummer.

„Du hast eine Woche. Kein Tag länger."

Karam schluckte. Er wusste genau, was das bedeutete. Er musste handeln. Und er musste es schnell tun.

HAMZA

Hamza betrat die Wohnung und schloss die Tür leise hinter sich. Es war gerade einmal 22 Uhr – eine Uhrzeit, zu der er sonst noch längst nicht nach Hause kam. Normalerweise streifte er bis in die frühen Morgenstunden durch die Straßen, trieb sich mit seinen Freunden herum und kam frühestens um drei oder vier Uhr nach Hause, nur um sich dann für ein paar Stunden aufs Bett zu werfen und gegen Mittag wieder zu verschwinden.

Er zog seine Schuhe aus und ging langsam durch den Flur. Das Licht in der Küche brannte noch und aus dem Wohnzimmer drang das leise Geräusch eines laufenden Fernsehers. Hamza atmete tief durch.

Seine Mutter hatte ihn in den letzten Wochen kaum zu Gesicht bekommen. Sie hatte aufgehört, ihn zu wecken oder nach ihm zu rufen. Stattdessen fand sie morgens nur die leeren Spuren seiner Existenz – zerknüllte Kleidungsstücke auf seinem Stuhl, ein halbvolles Wasserglas auf dem Nachttisch, und jedes Mal, wenn sie sein Zimmer betrat, lag ein neues Bündel Geld auf dem Schreibtisch.

Blutgeld. Schmerzensgeld. Schuldgeld.

Sie wusste nicht, woher es kam, aber sie wusste, dass es nicht richtig war.

„Hamza?"

Er zuckte zusammen. Er hatte gar nicht bemerkt, dass sie die ganze Zeit hinter ihm gestanden hatte.

Hamza drehte sich langsam zu ihr um. Ihr Blick war müde, ihre Augen geschwollen – wahrscheinlich vom Weinen. Sie war in letzter Zeit noch dünner geworden, ihre Schultern hingen herab, als trage sie eine unsichtbare Last auf ihnen.

Sie musterte ihn eine Weile. Dann sagte sie leise: „Er vermisst dich."

Hamza runzelte die Stirn, bis ihm klar wurde, dass sie auf Amir deutete. Sein kleiner Bruder lag auf dem Bett in seinem Zimmer, das Tablet in der Hand, doch seine Augen waren leer, seine Finger bewegten sich kaum.

Hamza spürte, wie sich ein Kloß in seinem Hals bildete. Amir war gerade einmal zwölf Jahre alt. Früher hatte er ihn jeden Abend in den Schlaf gebracht, ihm Geschichten erzählt, mit ihm gelacht. Doch jetzt? Jetzt sah er seinen eigenen Bruder kaum noch.

„Er wartet jeden Abend auf dich", fuhr seine Mutter fort. „Aber du kommst nie. Manchmal schläft er mit deinen alten T-Shirts, weil sie noch nach dir riechen."

113

Hamza öffnete den Mund, doch er wusste nicht, was er sagen sollte. Was sollte er auch sagen? Dass er wusste, dass er seine Familie enttäuschte?

Seine Mutter trat näher. Ihr Blick wanderte an ihm vorbei, in Richtung seines Zimmers.

„Das Geld."

Hamzas Körper versteifte sich.

„Woher kommt es, Hamza?" Ihre Stimme war ruhig, aber bestimmt.

„Ich arbeite."

Sie lachte bitter auf.

„Arbeitest du?" Wieder trat sie einen Schritt näher. „Und wo? Wo ist dieser ehrliche Job, der dir so viel Geld einbringt?"

Hamza blickte zur Seite. „Ich tue, was ich tun muss."

Seine Mutter schüttelte den Kopf. „Nein, Hamza. Dein Vater hat dich nicht so erzogen."

Das traf ihn wie ein Schlag ins Gesicht.

Er ballte die Fäuste. Sein Vater. Der Mann, der ihm beigebracht hatte, immer ehrlich zu sein. Immer aufrichtig. Immer anständig. Und wo war er jetzt? Unter der Erde.

„Sag mir einfach, dass du nichts Illegales tust", bat sie flehend. „Sag mir, dass ich mir keine Sorgen machen muss."

Hamza wollte lügen. Wollte ihr sagen, dass alles in Ordnung war. Doch die Worte blieben ihm im Hals stecken.

„Fastest du denn überhaupt noch, Hamza? Hast du vergessen das wir Muslime sind?"

Hamza wurde immer wütender, doch er drehte sich um und ging in sein Zimmer.

Seine Mutter blieb zurück. Und er wusste, dass sie weinte.

Hamza lag auf dem Rücken und starrte an die Decke. Sein Zimmer war dunkel, nur das schwache Licht der Straßenlaterne fiel durch den Spalt zwischen den Vorhängen und warf flackernde Schatten an die Wand. Er wusste, dass es nicht mehr lange dauerte, bis Iftar war – vielleicht zehn Minuten, vielleicht weniger. Doch es war ihm egal.

Seine Familie würde gleich am Esstisch sitzen, das Essen bereits vorbereitet, die Datteln auf einem kleinen Teller angerichtet, das Wasser in den Gläsern gefüllt. Amina würde wahrscheinlich wie immer darauf bestehen, dass sie alle gemeinsam das Fasten brechen, und Amir würde aufgeregt fragen, wie viele Minuten noch blieben. Und dann, wenn der Gebetsruf erklang, würden sie in Stille das erste Mal nach einem langen Tag essen, dankbar für das, was sie hatten.

Aber Hamza?

Er gehörte nicht mehr dazu.

Er fastete ja sowieso nicht mehr.

Er drehte sich zur Seite und zog sich die Decke über den Kopf. Vielleicht, wenn er einfach die Augen schloss, könnte er für eine Weile vergessen, wer er war.

Doch dann hörte er es.

Die Stimmen aus der Küche.

Das leise Klirren von Gläsern, das Geräusch von Besteck, das sanfte Murmeln von Amina, die etwas zu Amir sagte. Hamza wusste, dass sie sich um ihn sorgten. Er wusste, dass sie wollten, dass er bei ihnen war.

Er biss die Zähne zusammen.

Etwas in ihm wollte aufstehen. Wollte die Tür öffnen, sich einfach hinsetzen und für einen Moment vergessen, dass er ein anderer geworden war.

Aber es war zu spät.

Er konnte nicht einfach wieder zurück.

Also blieb er liegen, während seine Familie das Iftar begann – ohne ihn.

Es war schon mitten in der Nacht und Hamza wusste nicht, wie lange er schon wach dalag. Als sein Handy vibrierte griff er danach und blinzelte auf das Display.

Daniel.

Er wusste sofort, worum es ging.

Hamza seufzte tief und nahm ab.

„Was ist los?"

„Wir müssen was erledigen." Daniels Stimme klang ernst. „Das Geld, erinnerst du dich?"

Hamza schloss die Augen. Natürlich erinnerte er sich. Sie hatten jemandem Geld geliehen – oder eher gesagt, jemandem ein Geschäft aufgezwungen, das dieser nicht hatte abschlagen können. Und jetzt war es Zeit, es einzutreiben.

„Wann?" fragte Hamza, auch wenn er die Antwort schon kannte.

„Jetzt."

Hamza atmete tief durch. Dann stand er auf, zog sich an und verließ sein Zimmer.

Draußen war die Nacht still. Und er wusste, dass es kein Zurück mehr gab.

Allah fordert von keiner Seele etwas über das hinaus, was sie zu leisten vermag. Ihr wird zuteil, was sie erworben hat, und über sie kommt, was sie sich zuschulden kommen lässt.

Quran 2:286

Der 21. Tag

HAMZA

Als ich die Augen öffnete, fühlte ich eine schwere Last auf meinen Schultern. Ein dumpfes Pochen hämmerte in meinem Schädel, als hätte die Nacht mir alles an Energie geraubt. Mein Körper fühlte sich träge an, meine Glieder wie Blei. Ich blinzelte gegen das grelle Tageslicht, das durch die Lücke in den Vorhängen fiel.

14 Uhr.

Ich hatte den halben Tag verschlafen.

Langsam dämmerte es mir, aber warum. Die letzte Nacht war eine der intensivsten meines Lebens gewesen. Nicht nur, weil es riskant gewesen war, sondern weil ein Teil von mir wusste, dass ich eine Grenze überschritten hatte, die es kein zweites Mal zu überschreiten gab.

Doch bevor ich den Gedanken zu Ende führen konnte, riss mich das Geräusch einer sich hastig öffnenden Tür aus meiner Trance.

Meine Mutter stürmte ins Zimmer, ihr Gesicht voller Panik, ihre Hände zitternd.

120

„Hamza! Das Krankenhaus hat angerufen!" Ihre Stimme brach. „Karam liegt auf der Intensivstation!"

Mein Herz setzte aus.

Karam?

Ich setzte mich ruckartig auf. Plötzlich fühlte ich mich hellwach, als hätte ein Schock mein ganzes System durchfahren.

„Was?"

Meine Mutter rang nach Atem. „Ich weiß nicht genau, was passiert ist. Sie sagten nur, dass er in der Nacht eingeliefert wurde, mit schweren Verletzungen. Ich dachte, du wüsstest vielleicht etwas..."

Ich spürte, wie mir das Blut aus dem Gesicht wich.

Und dann holte mich die Nacht wieder ein.

Ich erinnerte mich an die vergangene Nacht

Ich saß auf dem Fahrersitz und starrte in die Dunkelheit. Die Straßen waren menschenleer, das einzige Geräusch war das entfernte Heulen einer Polizeisirene, das durch die Nacht hallte. Die Motoren liefen, während wir warteten.

Daniel und die anderen waren bereits in einem Wohnhaus verschwunden, um das Geld einzutreiben. Ich blieb draußen im Auto – wie immer. Das war meine Regel. Ich war nie derjenige, der hineinging. Ich wollte nicht sehen, was sie taten. Ich wollte nur meinen Anteil.

Also wartete ich.

Sekunden wurden zu Minuten.

Mein Fuß wippte nervös auf und ab. Irgendwas fühlte sich dieses Mal anders an. Als wäre die Luft schwerer, drückender.

Und dann –

Ein Schrei.

Nicht irgendein Schrei. Ein verzweifelter, erstickter Laut, gefolgt von einem dumpfen Geräusch, als würde ein Körper auf den Boden schlagen.

Mein Herz begann zu rasen. Ich beugte mich nach vorne, versuchte, durch die Dunkelheit etwas zu erkennen.

Und dann –

Ein Schuss.

Mein ganzer Körper erstarrte.

Noch einer.

Noch ein Schrei.

Ich wollte aussteigen. Ich wollte hinrennen und sehen, was los war. Doch meine Hände krallten sich ins Lenkrad, als könnte ich mich daran festhalten.

Dann stürmten Daniel und die anderen aus der Tür. Ihre Gesichter waren gezeichnet von Panik, als sie ins Auto sprangen.

„Fahr! JETZT!" brüllte Daniel.

Ich trat aufs Gas, ohne nachzudenken.

Als ich zurück in die Gegenwart kam realisierte ich es.

Mein Atem ging schwer, als ich die Erinnerungen durch mein Bewusstsein wirbeln ließ.

Es hatte eine Auseinandersetzung gegeben. Sie hatten gesagt, der Typ hätte sich gewehrt. Dass sie ihn „zurechtweisen" mussten.

Ich hatte nicht gefragt, wer es war.

Ich hatte nicht gewusst, dass es Karam war.

Meine Brust zog sich zusammen, als Panik und Schuld in mir aufstiegen. Mein bester Freund lag auf der Intensivstation – weil wir ihn überfallen hatten.

Ich sprang aus dem Bett, stolperte fast, während ich mir hastig eine Jacke überzog.

„Wo ist er?! Welches Krankenhaus?!"

Meine Mutter sah mich verwirrt an, als hätte sie noch nie so eine Reaktion von mir gesehen.

KARAM

Ich saß auf der Kante meines Bettes, die Hände in den Haaren vergraben und mein Kopf pochte vom ständigen Nachdenken.

Wie zum Teufel sollte ich an das Geld kommen?

Ich hatte bereits alles versucht. Jeden Kontakt, jede Möglichkeit, jedes noch so verzweifelte Schlupfloch. Ich hatte bei Leuten gefragt, von denen ich nie geglaubt hätte, dass ich sie je um Hilfe bitten würde.

Und Hamza?

Ich wusste nicht, was mit ihm los war. Seit Wochen war er nicht mehr er selbst. Er ging nicht mehr an sein Handy, tauchte nirgendwo auf. Wenn ich ihn sah, dann nur aus der Ferne – als wäre er jemand anderes geworden. Ich hatte mich an den Gedanken gewöhnt, dass ich in schweren Zeiten auf ihn zählen konnte, aber jetzt? Jetzt war er unauffindbar.

Mein Vater?

Vergiss es.

Er war irgendwo – irgendwo da draußen, aber bestimmt nicht hier, wo ich ihn brauchte.

Ich hatte niemanden mehr.

Als ich irgendwann auf mein Handy schaute, sah ich, dass es schon drei Uhr in der Nacht war. Die Wohnung war still, so still, dass ich meinen eigenen Atem hören konnte.

Ich lag auf der Matratze, unfähig zu schlafen, als plötzlich ein lautes, dröhnendes Klopfen die Stille durchbrach.

Mein Herzschlag setzte aus.

Ich wusste, wer es war.

Ich wollte mir einreden, dass ich mich irrte, aber tief in meinem Inneren wusste ich es.

Das Klopfen wurde aggressiver.

BAM. BAM. BAM.

Ich hatte keine Wahl. Ich musste öffnen.

Mit zitternden Händen stand ich auf, schlich langsam zur Tür und legte meine Hand auf die Klinke. Mein Magen zog sich zusammen. Ein tiefer Atemzug – und ich öffnete.

Sie standen vor mir wie Raubtiere, die ihre Beute gefunden hatten.

Daniel war vorne, sein Blick eiskalt. Hinter ihm standen Egzon und zwei andere, die ich kaum kannte. Sie waren alle breit gebaut, dunkel gekleidet, ihre Gesichter verschlossen.

„Karam", sagte Daniel langsam und trat einen Schritt nach vorne. „Wir haben ein Problem."

Ich schluckte hart.

„Ich... ich brauch nur ein bisschen mehr Zeit."

Ein leises Lachen.

„Bruder, du hattest genug Zeit."

Bevor ich überhaupt reagieren konnte, traf mich der erste Schlag.

Ein dumpfer Aufprall, als Daniels Faust meine Rippen traf. Ein stechender Schmerz, der mir die Luft aus den Lungen riss. Ich keuchte, stolperte nach hinten, aber sie ließen mir keine Chance.

Der zweite Schlag – direkt in mein Gesicht.

Ich fiel zu Boden. Mein Kopf hämmerte, mein Sichtfeld verschwamm.

„DU HAST UNS VERARSCHT!" schrie einer der anderen. Ein Tritt traf mich in die Seite. Mein Körper zuckte, aber ich konnte nichts tun. Ich konnte mich nicht wehren.

Ich hörte, wie meine Nachbarn sich bewegten – Schritte auf dem Flur, ein Geräusch, als würde jemand durchs Türspion sehen. Aber niemand öffnete. Niemand half.

Ich war allein.

„Weißt du, was mit Leuten passiert, die nicht zahlen?" fragte Daniel ruhig.

Ich spuckte Blut auf den Boden. Ich wollte antworten, aber meine Lippen zitterten nur.

Er kniete sich zu mir herunter, packte mich am Kragen und zog mein Gesicht zu seinem.

„Wir sind keine Wohltätigkeitsorganisation. Du wusstest, worauf du dich einlässt."

Dann spürte ich den kalten Lauf einer Waffe an meiner Schläfe.

Mein Körper erstarrte.

Ich hatte Angst – eine Angst, die alles übertraf, was ich je gefühlt hatte.

Mein Leben blitzte vor meinen Augen auf.

Mein Vater, als er mich als Kind in die Arme nahm.

Hamza und ich, als wir noch unzertrennlich waren.

Meine Mutter, bevor sie uns verließ.

Ich wollte schreien, aber meine Stimme versagte.

Daniel ließ sich Zeit. Er wollte, dass ich es spürte. Dass ich die Verzweiflung kostete.

Und dann –

Der Schuss.

Ein brennender Schmerz explodierte in meiner Schulter. Mein Körper zuckte zusammen, als hätte jemand mir Feuer unter die Haut gelegt. Ich schrie auf, doch es klang nur wie ein verzweifeltes Röcheln.

Der Boden unter mir war plötzlich warm. Blut. Mein Blut.

Ich hörte Stimmen, die durch meinen Kopf hallten, Schritte, die sich entfernten.

Und dann wurde alles schwarz.

HAMZA

Als ich das Krankenhaus betrat, war alles verschwommen. Meine Beine fühlten sich an wie Blei, jeder Schritt war eine Qual. Mir war übel, mein Magen krampfte sich zusammen. Ich konnte schwer klar denken. Alles um mich herum wirkte surreal, als würde ich in einem Alptraum umherwandeln. Das Einzige, worüber ich nachdachte, war: Habe wirklich ich meinen besten Freund umgebracht?

Ich schluckte, als sich dieser Gedanke wie ein unbändiger Schmerz in meine Brust bohrte. Mein Atem ging schwer, während ich den Gang entlanglief. Der Geruch von Desinfektionsmittel brannte in meiner Nase, die grellen Lichter über mir flackerten leicht. Mein Herz pochte in meiner Brust, als würde es gleich explodieren.

Und dann stand ich vor dem Raum.

Durch das große Glasfenster konnte ich Karam sehen. Da lag er, an unzählige Maschinen angeschlossen, sein Körper regungslos, so als wäre er nur noch eine leere Hülle. Sein Gesicht war blass, seine Lippen trocken und rissig. Ich konnte kaum hinsehen, doch ich konnte meinen Blick auch nicht abwenden. Ich spürte, wie meine Hände zitterten, als ich versuchte, mich am Türrahmen festzuhalten.

Ein leises Husten ließ mich aufblicken. Ein Arzt in weißem Kittel trat an meine Seite, seine Augen musterten mich mit ruhiger Besorgnis.

„Sind Sie sein Bruder?", fragte er mit gedämpfter Stimme.

Ich zögerte. Bruder? Karam und ich hatten uns immer wie Brüder gefühlt. War das jetzt noch wahr? Ich spürte, wie mein Magen verkrampfte, doch schließlich brachte ich hervor:

„Na ja... Ja."

Der Arzt nickte langsam, musterte mich, als wolle er abschätzen, ob ich der Wahrheit entsprach. Dann seufzte er leise und blickte zu Karam ins Zimmer.

„Er liegt im Koma", sagte er schließlich. „Die Schussverletzungen waren schwerwiegend, vor allem die am Kopf. Wir haben alles getan, was wir konnten, aber es ist ungewiss, wann – oder ob – er jemals wieder aufwachen wird."

Seine Worte trafen mich wie ein Schlag. Ich spürte, wie meine Knie weich wurden, wie sich ein tiefes Loch in meinem Inneren auftat. Karam im Koma. Ungewiss, ob er jemals aufwachen würde. Das war nicht real. Das konnte nicht real sein. Mein Kopf drehte sich, meine Hände ballten sich zu Fäusten.

Und dann brach alles über mich herein.

Die Tat. Die Nacht. Die Wahrheit.

Karam.

Er war derjenige, den wir angegriffen hatten. Er war derjenige, den wir zusammengeschlagen hatten. Er war derjenige, der jetzt in diesem Zimmer lag, angeschlossen an Maschinen, sein Leben an einem seidenen Faden hängend. Und ich hatte es nicht gewusst. Ich hatte es nicht gewusst, weil ich feige im Auto gewartet hatte, weil ich nicht gefragt hatte, weil ich mich nicht darum gekümmert hatte.

Ich fühlte, wie meine Hände zu zittern begannen, wie mein Atem unregelmäßig wurde.

„Ich... ich kann nicht...", murmelte ich, trat einen Schritt zurück, als könnte ich der Realität entfliehen.

„Wir tun alles, was wir können", sagte der Arzt ruhig. „Aber Sie sollten darauf vorbereitet sein, dass sich sein Zustand nicht verbessern könnte."

Ich starrte ihn an, als hätte er gerade verkündet, dass die Welt untergeht. Und vielleicht tat sie das gerade auch. Zumindest meine.

Ich wandte mich wieder dem Glasfenster zu.

Karam bewegte sich nicht.

Er war einfach nur da.

Und ich wusste nicht, ob ich ihn jemals wieder ansprechen konnte, um ihm zu sagen, wie leid es mir tat.

Als ich die Haustür hinter mir schloss, spürte ich sofort die drückende Stille im Haus. Doch sie hielt nicht lange an. Meine Mutter kam mit schnellen Schritten aus dem Wohnzimmer, ihre Augen waren gerötet, als hätte sie geweint, seit ich das Haus verlassen hatte. Ihre Hände zitterten leicht, während sie mich musterte, als würde sie aus meiner Mimik herauslesen können, was geschehen war.

„Hamza! Wo warst du? Was ist mit Karam? Ich habe ihn angerufen, aber er geht nicht ran!", ihre Stimme war voller Angst und Hoffnung zugleich, als ob sie sich an einem letzten Fünkchen positiver Nachricht festklammern wollte.

Ich schluckte schwer und spürte, wie meine Kehle trocken wurde. Ich wusste nicht, wie ich es ihr sagen sollte. Ich wusste nur, dass ich ihr nicht die ganze Wahrheit sagen konnte. Sie durfte nicht erfahren, dass ich an dem Abend, an dem Karam niedergeschossen wurde, genau dort war. Dass ich es war, der im Auto saß, während es passierte. Ich durfte ihr nicht sagen, dass ich ein Teil von allem war.

Ich setzte mich langsam auf die Couch und rieb mir mit den Händen das Gesicht, als ob ich die Schuld abwaschen könnte.

„Mama…" Meine Stimme war brüchig. „Karam… er wurde angeschossen. Er liegt im Koma."

Ich hörte, wie ihre Atmung stockte. Einen Moment lang sagte sie nichts, sie starrte mich nur mit weit aufgerissenen Augen an. Dann taumelte sie ein wenig zurück und hielt sich mit einer Hand an der Wand fest.

„Nein… Nein… das kann nicht sein", flüsterte sie, ihre Stimme bebte. „Wie konnte das passieren? Wer tut so etwas?"

Ich konnte ihr keine Antwort geben. Ich hätte sagen können, dass ich es nicht wusste, dass ich nichts gesehen hatte. Doch das wäre nur die halbe Wahrheit gewesen. Ich wusste mehr, als ich je zugeben konnte.

Meine Mutter setzte sich neben mich, bedeckte ihr Gesicht mit den Händen und begann leise zu schluchzen. Ihr Schmerz war wie ein Dolch, der sich tief in mein Gewissen bohrte. Ich hatte ihr schon so viele Sorgen bereitet und jetzt das. Ich wollte sie trösten, aber ich wusste nicht wie. Ich konnte ihr keine Hoffnung machen, weil ich selbst keine hatte.

Der restliche Abend verging in einem dumpfen Nebel. Ich saß in meinem Zimmer, starrte an die Decke und fragte mich, wie es so weit gekommen war. Wie hatte ich mein Leben so zerstören können? Wie konnte ich nicht bemerkt haben, dass wir Karam ausraubten? Wieso hatte ich nicht hinterfragt, wen wir da angriffen?

Plötzlich riss das schrille Klingeln der Haustür mich aus meinen Gedanken. Ich hörte, wie meine Mutter zur Tür eilte und mit gedämpfter Stimme sprach. Dann folgte ein Satz, der mich eiskalt erwischte:

„Hamza, die Polizei ist hier. Sie wollen mit uns sprechen."

Mein Herz raste. Ich sprang auf, versuchte meine Gedanken zu sortieren. Ich hatte mir nie überlegt, was ich sagen würde, falls sie mich befragen würden. Ich war doch nur der Fahrer gewesen – das war keine Entschuldigung, aber vielleicht eine Rettung.

Ich hörte, wie Schritte näherkamen, dann klopfte es an meiner Tür. Als ich öffnete, stand ein Polizist vor mir. Er war groß, hatte ein ernstes Gesicht und eine ruhige, aber durchdringende Stimme.

„Hamza, wir wissen, dass du und deine Familie Karam sehr nahe steht. Darf ich dir ein paar Fragen stellen?"

Ich nickte, trat zur Seite und ließ ihn in mein Zimmer. Er setzte sich auf meinen Schreibtischstuhl, während ich auf meinem Bett Platz nahm. Mein Blick fiel auf meine Hände, die in meinem Schoß lagen. Sie zitterten leicht.

„Wann hast du Karam das letzte Mal gesehen?", fragte der Polizist direkt.

Ich schluckte. „Ich... Ich habe ihn schon länger nicht mehr gesehen", log ich.

Der Polizist musterte mich genau, als würde er jede Regung in meinem Gesicht analysieren. „Du weißt, dass er angeschossen wurde. Hast du eine Idee, wer ihm das angetan haben könnte?"

Ich schüttelte sofort den Kopf. „Nein, keine Ahnung. Karam... hatte nie Probleme mit jemandem."

Er lehnte sich zurück und verschränkte die Arme. „Er hatte also keine Feinde? Keine Schulden?"

Ich zuckte mit den Schultern. „Nicht, dass ich wüsste..."

Der Polizist schwieg kurz, als würde er abwägen, ob er mir glauben konnte oder nicht. Dann stand er langsam auf.

„Falls dir doch noch etwas einfällt, melde dich bei uns. Jede Information könnte helfen."

Ich nickte schnell. „Ja, natürlich."

Er gab mir einen letzten prüfenden Blick, bevor er sich zur Tür drehte und nach draußen ging. Erst als ich hörte, wie sich die Haustür wieder schloss, atmete ich schwer aus. Mein ganzer Körper zitterte. Ich hatte gelogen. Direkt in das Gesicht eines Polizisten.

Ich ließ mich zurück in mein Bett fallen, schloss die Augen und hörte das Echo eines Schusses in meinem Kopf. Karam lag jetzt im Koma und ich war daran schuld. Die Polizei war mir auf den Fersen.

Wahrer Mut besteht darin,

denen zu vergeben,

die uns Unrecht getan haben

Mohammed Saw

Der 21. Tag

HAMZA

Ich wusste nicht, wie ich so weiterleben konnte. Es fühlte sich an, als würde sich alles um mich herum auflösen, während ich mich selbst nicht einmal mehr im Spiegel erkannte. Es war das schlimmste Fasten, das ich je erlebt hatte. Innerhalb eines einzigen Monats hatte ich meinen Vater verloren und nun lag mein bester Freund im Koma. Ich hatte keine Kraft mehr. Keine Hoffnung. Kein Ziel.

Warum musste mir so etwas passieren? Warum nur? War ich all die Jahre ein so schlechter Mensch gewesen? War ich nicht gut genug für diese Welt? Womit hatte ich das alles verdient?

Ich suchte nach Antworten, doch ich wusste nicht, wo ich diese herbekommen sollte. In meinem Kopf herrschte Chaos. Ich wollte nur irgendeinen Anhaltspunkt, eine Richtung, irgendetwas, das mir sagte, was ich tun sollte. Doch nichts kam. Nur eine tiefe, erdrückende Leere.

Ich ließ mich auf mein Bett fallen und atmete schwer aus. Meine Hände waren kalt, meine Gedanken lärmten in meinem Kopf. Ich schloss meine Augen, aber statt Stille fand ich nur noch mehr Dunkelheit.

Und dann fiel mir mein Handy ein – das Gerät, das ich seit zwei Tagen nicht mehr angerührt hatte. Ich tastete auf meinem Nachttisch danach, schaltete es an und sah sofort die vielen verpassten Anrufe und Nachrichten.

Es war Karam.

Mein Herz zog sich schmerzhaft zusammen. Ich zögerte kurz, doch dann begann ich, seine Nachrichten durchzulesen.

Karam: „Bruder, ich weiß nicht, was ich tun soll. Ich weiß, dass du mit den falschen Leuten abhängst. Bitte, Hamza, lass dich nicht von ihnen runterziehen."

Karam: „Ich habe Angst um dich. Wirklich. Ich sehe, wie du dich veränderst, und das bricht mir das Herz. Du bist nicht so, Bruder. Du bist kein schlechter Mensch. Ich weiß, dass du nicht so bist."

Karam: „Wenn du das liest, bitte… lass uns reden. Bitte. Ich brauche dich gerade wirklich."

Karam: „Komm zur Moschee. Ich warte dort auf dich. Vielleicht können wir dort reden. Vielleicht finden wir gemeinsam eine Lösung."

Ich schluckte schwer. Seine Worte trafen mich tief in meinem Inneren. Als hätte er es gespürt. Als hätte er gewusst, dass ich mich verlor und gleichzeitig brauchte er auch meine Hilfe. Und trotzdem hatte ich ihn hängen lassen. Trotzdem hatte ich ihn ignoriert. Und jetzt lag er im Koma – genau wie mein Vater hatte auch er mich verlassen.

Oder war ich es gewesen, der ihn verlassen hatte?

Ich biss mir auf die Unterlippe, um nicht loszuweinen. Ich wollte stark bleiben. Ich musste stark bleiben. Ich durfte jetzt nicht aufgeben.

Seine letzten Worte hallten in meinem Kopf nach. „Komm zur Moschee".

Ich wusste nicht, was mich dort erwarten würde. Ich wusste nicht, ob es mir helfen würde. Aber in diesem Moment war es der einzige Ort, an dem ich vielleicht eine Antwort finden könnte. Ich hatte sonst niemanden mehr. Vielleicht, nur vielleicht, würde ich dort etwas finden, das mir half, nicht vollständig unterzugehen.

Langsam richtete ich mich auf. Mein Kopf war schwer, mein Herz fühlte sich an, als würde es in tausend Teile zerspringen, aber ich zwang mich, aufzustehen. Ich griff nach meiner Jacke, zog mir meine Schuhe an und verließ die Wohnung. Ich wusste nicht, ob meine Mutter noch wach war, aber ich hatte keine Kraft für ein Gespräch. Ich musste einfach nur raus.

Draußen war es still. Die Straßen waren fast leer, nur hier und da sah ich ein paar Menschen. Ich zog die Kapuze über meinen Kopf und lief zur Bushaltestelle. Die Luft war kühl und klar, aber sie half nicht, meine Gedanken zu ordnen.

Als ich an der Haltestelle stand und auf den nächsten 130er Bus wartete, spürte ich, wie mein Herz schneller schlug.

Ich wusste nicht, was mich in der Moschee erwarten würde. Ich wusste nicht einmal, ob ich dort sein wollte. Aber ich wusste eines: Ich konnte nicht so weitermachen wie bisher. Ich konnte nicht weiter vor der Wahrheit weglaufen. Irgendwo musste ich anfangen.

Als der Bus kam, stieg ich ein und ließ mich auf einen der hinteren Sitze fallen. Der Bus war fast komplett leer. Nur eine ältere Frau saß ganz vorne, ihr Blick aus dem Fenster gerichtet, als wäre sie in Gedanken verloren. Ich hingegen starrte einfach ins Leere, meine Hände verschränkt, mein Atem flach. Die Welt um mich herum fühlte sich surreal an. Die Fahrt dauerte zwanzig Minuten, aber für mich verging sie wie im Rausch. Es war, als hätte ich jegliches Zeitgefühl verloren. Alles, was geschehen war, fühlte sich an wie ein einziger Albtraum, aus dem ich nicht erwachte. Mein Herz schlug schwer in meiner Brust, während mein Blick die vorbeiziehenden Straßenlaternen verfolgte.

Als der Bus endlich an der Haltestelle hielt, trat ich langsam aus. Die kühle Nachtluft schlug mir entgegen und ließ mich kurz durchatmen. Vor mir erstreckte sich die prächtige Moschee, ihre Minarette ragten majestätisch in den dunklen Himmel. Der Platz davor war leer, kein Mensch war zu sehen. Nur die sanften Lichter der Moschee leuchteten mir den Weg. Ich trat langsam über den Hof und spürte die Last auf meinen Schultern immer schwerer werden. Die Türen waren nicht verschlossen. Ich schob sie vorsichtig auf und trat ein.

Im Inneren herrschte eine tiefe Stille. Der Duft von Moschus und Rosenholz erfüllte die Luft. Ich sah mich um und entdeckte vorne eine einsame Gestalt. Ein Mann saß in der ersten Reihe, ein Buch in seinen Händen haltend. Als ich näher trat, erkannte ich die goldenen Buchstaben auf dem Einband: „Quran". Der Imam hob langsam den Kopf und sah mich mit ruhigen Augen an.

„As-salamu alaikum, mein Sohn", begrüßte er mich mit sanfter Stimme.

Ich blieb einen Moment zögernd stehen, dann ließ ich mich neben ihn nieder. Meine Hände zitterten leicht, mein Blick war gesenkt.

„Wa alaikum salam", murmelte ich kaum hörbar.

Der Imam musterte mich eindringlich, ohne mich zu drängen. Es war, als würde er spüren, dass ich hier war, um Antworten zu finden. Ich holte tief Luft und begann zu sprechen. Erst stockend, dann immer schneller, bis meine Worte wie ein unaufhaltsamer Strom aus mir herausbrachen.

„Mein Vater ist gestorben… und seitdem… seitdem habe ich mich verändert. Ich weiß nicht, wer ich bin. Ich habe alles vernachlässigt. Mein Studium, meine Familie, meine Prinzipien. Ich habe angefangen, mit den falschen Menschen Zeit zu verbringen. Ich habe Dinge getan… Dinge, die ich nie für möglich gehalten hätte." Meine Stimme brach. „Ich habe gesündigt, Imam. Ich habe getrunken. Ich habe gestohlen. Ich habe Menschen verletzt. Ich… ich habe meinen besten Freund ins Koma geschickt."

Ich presste meine Hände gegen mein Gesicht, als würde ich mich vor meinen eigenen Worten verstecken wollen. Ich spürte, wie Tränen meine Wangen hinabliefen. Die Scham brannte in mir wie Feuer.

„Er liegt da. Wegen mir. Ich habe ihn nicht erkannt, ich wusste nicht, dass es Karam war. Ich dachte, es wäre irgendjemand. Ich wartete im Auto, während sie das Geld eintreiben wollten. Ich hörte die Schüsse… und jetzt liegt er im Krankenhaus, zwischen Leben und Tod. Was, wenn er stirbt? Was, wenn Allah mir nie verzeiht?"

Ich hob den Kopf und sah den Imam verzweifelt an. Ich erwartete Vorwürfe, Verachtung, vielleicht sogar Wut. Doch seine Augen waren voller Mitgefühl. Er legte eine Hand auf meine Schulter.

„Mein Sohn", sagte er leise, „Allahs Barmherzigkeit kennt keine Grenzen. Wer aufrichtig bereut, dem wird vergeben. Allah sagt im Quran:

‚Sprich: O meine Diener, die ihr euch gegen eure eigenen Seelen vergangen habt verzweifelt nicht an der Allahs Barmherzigkeit; denn Allah vergibt alle Sünden; Er ist der Allverzeihende, der Barmherzige.' (Sure 39:53)"

Ich schluckte. „Aber wie kann ich das alles wieder gutmachen?"

„Zuerst, indem du ehrlich zu dir selbst bist. Indem du aufrichtig bereust und Allah um Vergebung bittest. Und dann, indem du deine Taten wiedergutmachen willst. Deine Fehler definieren dich nicht, solange du aus ihnen lernst. Allah liebt den reumütigen Sünder mehr als den, der sich für unfehlbar hält."

Seine Worte trafen mich tief. Zum ersten Mal seit Wochen spürte ich so etwas wie Hoffnung. Vielleicht... vielleicht gab es für mich doch einen Weg zurück.

„Und jetzt?", fragte ich leise.

„Jetzt betest du", sagte der Imam. „Bitte Allah um Führung. Bitte Ihn, dein Herz zu reinigen. Hole alle deine Gebete nach und dann gehst du zu deinem Freund. Du stehst ihm bei. Er braucht dich genauso sehr, wie du ihn brauchst."

Ich nickte langsam. Die Tränen liefen immer noch, aber sie fühlten sich anders an. Nicht mehr nur voller Schmerz, sondern auch voller Erleichterung.

Ich richtete mich auf und ging zum Gebetsbereich. Dort fiel ich auf meine Knie und hob meine Hände zum Gebet. Ich wusste nicht, ob alles jemals wieder gut werden würde. Aber ich wusste, dass dies mein erster Schritt war.

Ich holte alle meine Gebete nach und bemerkte, dass die Moschee immer voller wurde. Der Abend war längst hereingebrochen und die Luft war erfüllt vom sanften Murmeln der betenden Menschen. Es war spät und bald begann das Terawih-Gebet. Reihen von Gläubigen stellten sich auf, Schulter an Schulter, verbunden in ihrer Hingabe. Ich schloss mich ihnen an, mein Herz schwer, doch gleichzeitig so leicht wie schon lange nicht mehr.

Mit jedem Verneigen, mit jeder Niederwerfung fühlte ich, wie eine Last von mir fiel. Ich hatte mehrere Stunden nur gebetet, aber es fühlte sich nicht an wie Zeitverschwendung. Im Gegenteil, es fühlte sich an, als würde ich nach langer Zeit wieder atmen. Die Worte der Gebete, die Verse, die der Imam mit sanfter Stimme rezitierte, drangen tief in mein Herz. Ich konnte es nicht erklären, aber es war, als würde jemand mir sagen: „Es ist noch nicht zu spät."

Als das Terawih-Gebet zu Ende war, blieb ich noch eine Weile sitzen. Ich beobachtete, wie die Menschen sich langsam erhoben, einige blieben noch und sprachen leise Bittgebete, andere verabschiedeten sich herzlich voneinander. Ich hatte das Gefühl, als wäre ich endlich an einem Ort, an dem ich wirklich sein sollte. Zum ersten Mal seit langem spürte ich, dass ich nicht verloren war. Dass es noch Hoffnung für mich gab.

Schließlich nahm ich meine Sachen und verließ die Moschee. Die Nacht war kühl und eine leichte Brise strich mir durch das Haar. Ich atmete tief ein.

Ich hatte eine Entscheidung getroffen. Ich wollte nach Hause gehen. Ich wollte mit meiner Familie reden. Ich wollte meine Mutter um Vergebung bitten, mich bei Amir und Amina entschuldigen. Ich wollte zum Grab meines Vaters fahren, mit ihm reden, auch wenn er mich nicht mehr hören konnte. Und ich wollte zu Karam. Ihm beistehen. Warten, bis er aufwachte. Ich wusste, dass ich vieles nicht mehr rückgängig machen konnte, aber vielleicht konnte ich wenigstens jetzt den richtigen Weg gehen.

Mit festen Schritten ging ich zur Bushaltestelle. Der 130er Bus würde mich nach Hause bringen. Die Straßen waren ruhiger als sonst, die Laternen warfen ihr gelbes Licht auf den Asphalt. Es war eine dieser Nächte, in denen man das Gefühl hatte, dass die Welt kurz innehielt.

Der Bus kam herangefahren, seine Scheinwerfer durchbrachen die Dunkelheit. Ich stieg ein und setzte mich auf einen Platz am Fenster. Der Bus war nicht leer, aber auch nicht voll. Einige Leute saßen verstreut, in Gedanken versunken oder mit ihren Handys beschäftigt. Ich lehnte mich zurück und schaute aus dem Fenster. Die Stadt zog an mir vorbei, die Lichter der Geschäfte, die dunklen Silhouetten der Gebäude.

Dann, als der Bus an der nächsten Haltestelle hielt, passierte es. Eine Frau stieg ein und setzte sich vor mich. Und da war sie dann:

Sie war da. Ein neuer Mensch in meinem Leben, und doch fühlte es sich an, als hätte sie immer schon existiert – irgendwo zwischen meinen Gedanken und meinen Sehnsüchten, als ein leiser Schatten in den unergründlichen

Ecken meiner Träume. Als sie sich setzte, schien die ganze Welt um sie herum stillzustehen, als ob die Zeit selbst den Atem anhielt, um diesen Moment nicht zu stören.

Es war nicht nur ihre Schönheit, die mich fesselte – es war etwas Tieferes, etwas, das Worte kaum zu fassen vermochten. Ihr Gesicht strahlte eine Wärme aus, die jede Kälte dieser Welt aufzulösen schien, ein Licht, das nicht bloß sichtbar war, sondern spürbar – ein Leuchten, das nicht von der Sonne, sondern von ihr selbst zu kommen schien. Es war eine Art von Licht, das nicht nur die Dunkelheit vertreibt, sondern auch die Seele berührt, sie erwärmt, ohne zu verbrennen.

In ihren Augen lag ein ganzes Universum – tief und unergründlich, als würden darin die Geschichten eines Lebens verborgen liegen, das mehr erlebt hatte, als Worte je beschreiben könnten. Es war kein naives, unberührtes Funkeln, sondern eines, das von Erlebtem zeugte, von Kämpfen und Siegen, von Verlusten und Hoffnungen. Ein Blick, der zugleich Kraft und Zerbrechlichkeit in sich trug – eine Widersprüchlichkeit, die sie umso faszinierender machte.

Alles an ihr war leise Perfektion. Die Art, wie sie sich bewegte, mühelos und voller Anmut, als wäre jede Bewegung eine Geschichte für sich.

Und dann dieses Lächeln. Ein Lächeln, das nicht einfach nur ein Ausdruck war, sondern ein Gefühl, ein Versprechen, eine Brücke zwischen zwei Welten. Es war das Lächeln eines Menschen, der das Leben verstand, mit all seinen Höhen und Tiefen, der wusste, dass Licht und Dunkelheit untrennbar miteinander verbunden sind – und dennoch entschied, das Licht zu sein.

Es war ein Moment, in dem alles Sinn ergab. All die Stürme, all die Zweifel, all die Umwege meines Lebens – sie führten genau hierhin, zu ihr. Zu diesem Blick, zu diesem Lächeln. Und plötzlich wusste ich, ohne es erklären zu können: Wenn es etwas gab, das mich retten konnte, dann war es genau das. Sie.

Ich versuchte, zurück zum Bewusstsein zu kommen, doch es fühlte sich an, als würde ich noch immer in einer Art Traum festhängen. Einem Traum, aus dem ich nicht erwachen wollte. Erst lächelte sie, dann ich, dann wieder sie – ein leises Spiel zwischen uns, als ob wir uns mit jedem Lächeln ein wenig mehr verstanden, ohne auch nur ein einziges Wort zu wechseln.

Ihre Augen sprachen eine Sprache, die ich nicht kannte und doch sofort verstand. Es war, als würde sie all die Last in mir sehen, all die Sorgen, die mich seit Wochen quälten. Ihre Blicke waren keine bloße Neugier, kein oberflächliches Interesse – es war, als könnte sie die tiefsten Wunden in mir erkennen und mit jedem Blick versuchte sie, sie ein wenig zu heilen.

Ich wollte den Moment festhalten, ihn in mir speichern, ihn niemals vorbeiziehen lassen. Doch dann bemerkte ich, wie sie sich leicht zur Seite bewegte, ihren Blick abwandte und sich auf die Haltestellenanzeige über der Tür des Busses konzentrierte. Ich folgte ihrem Blick, sah, wie die nächste Station aufleuchtete. Noch zwei Stationen bis zu meiner Haltestelle. Doch sie drückte bereits den Halteknopf.

Mein Herz schlug schneller. Sie würde aussteigen. In wenigen Sekunden wäre sie weg, würde in der Menge verschwinden und vielleicht würde ich sie nie wiedersehen.

In diesem Moment gab es keine Zweifel mehr. Keine Fragen. Keine Unsicherheiten. Nur einen Gedanken: Ich musste ihr folgen.

Als der Bus langsam abbremste und die Türen mit einem leisen Zischen aufschwangen, stand sie auf, griff nach ihrer Tasche und trat hinaus auf den Bürgersteig. Ohne zu überlegen, ohne nachzudenken, stand auch ich auf. Ich wusste nicht, wohin sie ging, wusste nicht, ob sie mich überhaupt bemerkt hatte – doch das spielte keine Rolle. Ich musste mehr über sie erfahren. Ich musste wissen, wer sie war.

Draußen schlug mir die kühle Nachtluft entgegen, ein plötzlicher Kontrast zu der warmen, fast träumerischen Atmosphäre im Bus. Ich sah mich um, suchte nach ihr – und da war sie. Ein paar Schritte entfernt, mit einem leichten, geschmeidigen Gang, der eine unbewusste Eleganz ausstrahlte.

Ich setzte mich in Bewegung, beschleunigte meine Schritte, bis ich auf ihrer Höhe war.

„Hey…" Meine Stimme klang unsicherer, als ich es erwartet hatte. Ich wusste nicht einmal, was ich sagen wollte, wusste nur, dass ich den Moment nicht verstreichen lassen durfte.

Sie blieb stehen, drehte sich zu mir um und sah mich mit einer Mischung aus Überraschung und Neugier an.

„Hey", erwiderte sie, ihre Stimme war weich, fast melodisch.

Ich rang nach Worten. Jetzt, wo ich direkt vor ihr stand, fühlte ich mich plötzlich seltsam unvorbereitet.

„Ähm… ich weiß, das klingt vielleicht seltsam, aber… wir saßen im gleichen Bus und… irgendwie hatte ich das Gefühl, dass ich dich ansprechen muss."

Sie hob leicht eine Augenbraue, ein amüsiertes Lächeln huschte über ihr Gesicht. „Hattest du das Gefühl oder hast du einfach nur beschlossen, mir zu folgen?"

Erwischt. Ich lachte nervös und rieb mir verlegen den Nacken.

„Beides?"

Sie lachte leise, schüttelte leicht den Kopf. „Und was hast du jetzt vor?"

„Ich weiß es ehrlich gesagt nicht", gab ich zu und das war die absolute Wahrheit. „Ich wollte einfach nicht, dass du einfach so verschwindest, ohne dass ich wenigstens deinen Namen erfahre."

Sie musterte mich für einen Moment, dann lächelte sie wieder – diesmal wärmer, offener.

„Nisa", sagte sie schließlich.

„Nisa…" Ich ließ den Namen auf meiner Zunge zergehen. „Schöner Name."

„Danke", erwiderte sie und legte leicht den Kopf schief. „Und du?"

„Hamza."

„Hamza", wiederholte sie langsam. „Auch ein schöner Name."

Für einen Moment standen wir einfach nur da, ein leises Schweigen breitete sich zwischen uns aus, doch es war kein unangenehmes Schweigen. Es war, als würden wir einander abschätzen, herausfinden, was das hier gerade war.

„Also, Hamza… bist du immer so spontan und folgst fremden Menschen aus dem Bus?"

Ich grinste. „Nur, wenn sie so geheimnisvoll aussehen wie du."

Sie lachte wieder, diesmal ein wenig lauter, und ich konnte nicht anders, als mich von diesem Klang mitreißen zu lassen.

„Geheimnisvoll, ja?"

„Ja", bestätigte ich und wurde dann wieder ernster. „Aber ehrlich gesagt… ich hatte eine wirklich schwere Zeit in den letzten Wochen. Und als ich dich gesehen habe… keine Ahnung. Es war, als hätte ich für einen Moment alles vergessen können. Als wäre die Welt ein bisschen leichter geworden."

Ihr Lächeln verblasste leicht, doch nicht, weil es verschwand – es wurde sanfter, tiefer, als würde sie wirklich verstehen, was ich meinte.

„Manchmal", sagte sie leise, „schickt uns das Leben Menschen, die wir genau in dem Moment brauchen, auch wenn wir es nicht wissen."

Ich nickte. „Vielleicht bist du genau so ein Mensch."

Sie sah mich einen Moment lang nachdenklich an, dann blickte sie auf die Straße.

„Ich gehe noch ein Stück zu Fuß. Es tut gut, den Kopf frei zu bekommen."

„Darf ich dich begleiten?"

„Ich denke, das kannst du."

Und so liefen wir nebeneinander her, sprachen über alles und nichts – über das Leben, über Zufälle, über den Glauben daran, dass Menschen nicht ohne Grund in unser Leben treten. Ich erzählte ihr nicht alles, nicht die tiefsten Abgründe, aber genug, um ihr zu zeigen, dass dieser Moment für mich mehr war als nur eine spontane Begegnung. Und je mehr sie sprach, desto mehr wollte ich von ihr wissen.

Als wir schließlich an einer Kreuzung ankamen, blieb sie stehen.

„Morgen ist Terawih-Gebet", sagte ich nachdenklich.

sie nickte.

„Vielleicht sehen wir uns ja dort?"

Ein Lächeln zog sich über ihr Gesicht.

„Ich werde da sein."

Sie erwiderte mein Lächeln, dann drehte sie sich um und ging langsam die Straße entlang. Ich stand noch einen

Moment da, sah ihr nach, bis sie in der Dunkelheit verschwand.

Und zum ersten Mal seit Wochen fühlte sich mein Herz ein wenig leichter an.

Und unter Seinen Zeichen ist dies, daß
Er Gattinnen für euch aus euch selber
schuf, auf daß ihr Frieden bei ihnen fin-
den möget; und Er hat Zuneigung und
Barmherzigkeit zwischen euch gesetzt.
Hierin liegen wahrlich Zeichen für ein
Volk, das nachdenkt

Quran 30:21

Der 23. Tag

HAMZA

Ich spürte, wie mein Herz schneller schlug, als ich vor der Zimmertür meiner Mutter stand. Eine Frau, die ich die letzten Wochen gemieden hatte, weil ich mich von allem und jedem entfernt hatte – vor allem von denen, die mich am meisten liebten. Ich atmete tief ein, sammelte all meinen Mut und klopfte an.

Die Tür öffnete sich langsam, und da stand sie – meine Mutter. Ihre Augen waren gerötet, als hätte sie in den letzten Tagen oft geweint. Für einen Moment sahen wir uns einfach nur an, ohne ein Wort zu sagen. Doch dann konnte ich es nicht mehr zurückhalten. Ich fiel vor ihr auf die Knie, nahm ihre Hände in meine und küsste sie mit all der Reue, die ich in mir trug.

„Mutter, bitte… vergib mir", flüsterte ich mit bebender Stimme.

Tränen sammelten sich in ihren Augen, sie legte eine Hand auf meine Wange und strich sanft darüber. „Mein Sohn…" Ihre Stimme zitterte, doch in ihr lag keine Wut, nur unendliche Liebe.

In diesem Moment spürte ich die ganze Wahrheit der Worte des Propheten Muhammad (s.a.w.):

„Das Paradies liegt unter den Füßen der Mutter."

Wie oft hatte ich diese Worte gehört, doch erst jetzt verstand ich ihre tiefere Bedeutung. Meine Mutter, die mich getragen, geliebt und in ihren Gebeten stets um meinen Schutz gebeten hatte. Sie war die Brücke zwischen meiner Vergangenheit, meiner Gegenwart und meiner Zukunft.

Ich zog sie in eine feste Umarmung, hielt sie so eng an mich, als könnte ich all den Schmerz, den ich ihr bereitet hatte, mit einem einzigen Moment auslöschen. Sie schluchzte leise, aber ich spürte, dass es keine reinen Tränen des Kummers mehr waren. Es war Erleichterung. Es war Vergebung.

Als ich aufstand, sah ich Amir und Amina im Türrahmen stehen. Ihre Blicke waren zögerlich, doch in ihnen lag keine Abweisung – nur die leise Hoffnung, dass alles wieder gut werden konnte.

Ich trat auf sie zu, sah meinen kleinen Bruder an, der mich so oft angesehen hatte, als wäre ich sein Held – und den ich dennoch enttäuscht hatte.

„Amir… ich weiß, ich war nicht da, als du mich gebraucht hast. Ich war blind für das, was wirklich zählt. Aber wenn du mir vergibst…" Ich brach kurz ab, suchte nach den richtigen Worten. „Wenn du mir vergibst, dann verspreche ich dir, dass ich nie wieder gehen werde."

Amir blinzelte, als kämpfte er gegen seine eigenen Tränen an, doch dann kam er einfach auf mich zu und legte seine Arme um mich.

„Ich wollte nie, dass du gehst…"

Sein Flüstern traf mich tief ins Herz, doch dieses Mal war es nicht Schmerz, sondern eine sanfte Wärme, die sich in mir ausbreitete.

Amina sah uns beide an und schüttelte nur lächelnd den Kopf. „Ihr seid beide solche Dramatiker", sagte sie, doch als ich sie ansah, sah ich, dass auch in ihren Augen Tränen schimmerten.

„Komm her, Schwesterchen", sagte ich und zog sie ebenfalls in eine Umarmung.

Wir verbrachten noch einige Minuten zusammen, bis Amir und Amina wieder in ihre Zimmer gingen.

Hamza spürte, wie sich eine sanfte Welle der Nervosität in ihm aufbaute, als er in das Gesicht seiner Mutter sah. Sie war gerade dabei, sich zu verabschieden, den Raum zu verlassen, aber etwas hielt ihn zurück.

Mit einem leichten Ruck griff er nach ihrer Hand, seine Finger umschlossen sie fest, fast wie ein Kind, das nicht loslassen möchte, was ihm Sicherheit gibt. Sie hielt inne und sah ihn mit einer Mischung aus Verwunderung und Zärtlichkeit an.

„Mama, ich wollte mit dir reden", sagte Hamza schließlich, und seine Stimme klang unsicher, als ob er sich einer Wahrheit stellen musste, die er nicht ganz verstand. Er ließ einen tiefen Atemzug entweichen und suchte in ihren Augen nach einem Anzeichen von Verständnis.

„Es geht um etwas, was ich dir erzählen wollte. Etwas, das mich nicht loslässt. Es hat mit jemandem zu tun, den ich neulich getroffen habe." Er zögerte kurz, als die Erinnerung an den Moment auf dem Bus zu ihm zurückkam.

Nisa. Der Name war wie ein leises Echo in seinem Kopf. Der Gedanke an sie, die Art, wie sie sich nach dem Gebet am Morgen angesehen hatten, wie sie so selbstverständlich miteinander ins Gespräch kamen, füllte ihn mit einer Mischung aus Aufregung und Unsicherheit.

„Du weißt, dass ich normalerweise nicht über solche Sachen rede, aber es fühlt sich anders an." Hamza strich sich nervös eine Haarsträhne aus der Stirn und sah seine Mutter weiterhin an, als ob er in ihren Augen den Mut finden könnte, seine Gedanken in Worte zu fassen.

„Es war nach dem Gebet. Ich war im Bus, und sie... Sie war auch da. Sie heißt Nisa. Wir haben uns einfach unterhalten, über alles Mögliche. Sie war so... so offen, so echt. Es war als ob wir uns schon viel länger kennen würden. Es gab keine Barrieren, keine Unsicherheiten. Und irgendwie wollte ich das einfach mit dir teilen. Ich weiß nicht warum, aber es fühlt sich an, als ob sie irgendetwas in mir auslöst." Hamza hatte es nie für nötig gehalten, über solche Begegnungen zu sprechen, aber diesmal war es anders. Nisa hatte eine Tür in ihm geöffnet und der Gedanke an sie ließ ihn nicht mehr los. Es war mehr als nur ein flüchtiges Gespräch gewesen. Etwas an ihrer Art, an ihrer Ausstrahlung, hatte ihn berührt.

Seine Mutter nickte sanft, ihr Blick so warm und geduldig wie immer, als sie ihm zuhörte. Es war, als ob sie ihn in diesem Moment vollkommen verstand, als ob sie wusste, dass er gerade etwas Wichtiges in seinem Leben entdeckte. Hamza fühlte sich erleichtert, endlich seine Gedanken auszusprechen.

„Es ist nicht so, dass ich jetzt sofort alles weiß oder dass es irgendetwas bedeutet. Aber ich wollte es dir einfach sagen, weil du immer diejenige warst, die mir gezeigt hat, wie wichtig es ist, über Dinge zu sprechen, die einen bewegen." Er ließ ihre Hand langsam los, aber der Moment zwischen ihnen blieb bestehen.

Hamza sah, wie seine Mutter in ihren Gedanken versank. Sie wusste, dass er mit etwas Wichtigem zu ihr kam, und so wartete sie geduldig, bis er seine Erzählung beendet hatte. Als er schließlich verstummte, hielt sie einen

Moment inne, bevor sie zu ihm sprach. Ihre Stimme war sanft, aber bestimmt, als sie ihm antwortete.

„Weißt du, Hamza", begann sie, „ich glaube, jede Begegnung in unserem Leben hat einen Grund. Manchmal verstehen wir diesen Grund sofort und manchmal muss er sich uns erst viel später offenbaren.

Aber das Wichtigste ist, dass solche Begegnungen uns immer etwas lehren, uns ein Stück mehr über uns selbst zeigen. Vielleicht hast du Nisa genau jetzt kennengelernt, weil du in diesem Moment bereit warst, sie zu treffen. Es gibt Momente im Leben, in denen wir in einem bestimmten Abschnitt unserer Reise sind, in dem wir mit offenen Augen und einem offenen Herzen begegnen können, was uns das Leben anbietet."

Ihre Hand legte sich sanft auf seine, als sie fortfuhr: „Es ist nicht zufällig, dass du sie getroffen hast. Vielleicht braucht es genau dieses Gespräch, diesen Austausch, um dich auf einen Weg zu bringen, den du noch nicht ganz siehst, aber der dir irgendwann klar werden wird. Manchmal müssen wir Menschen begegnen, die uns spiegeln, die uns auf eine Art und Weise berühren, die uns wachrüttelt. Es ist ein Teil des Wachsens, Teil des Lernens, Teil des Verstehens, wer wir sind und was wir wirklich suchen."

Hamza spürte eine Welle von Trost und Verständnis, die von ihrer Stimme ausging. Sie hatte so oft die richtigen Worte für ihn, die er manchmal selbst nicht fand. Ihre Ruhe, ihre Zuversicht, ihre Weisheit – all das kam in diesen Momenten, in denen sie ihm einfach nur zuhörte und dann das sagte, was er brauchte, um einen klareren Blick auf die Dinge zu bekommen.

Hamza hörte aufmerksam zu, ihre Worte sanken tief in sein Herz. Er hatte noch nie so darüber nachgedacht. Bisher hatte er Begegnungen immer nur als Zufall betrachtet, aber jetzt, mit den Augen seiner Mutter, sah er, dass sie mehr waren. Jedes Gespräch, jedes Kennenlernen, hatte eine Bedeutung, auch wenn diese Bedeutung nicht immer sofort erkennbar war.

„Du bist noch jung, Hamza", sagte seine Mutter schließlich, „und das Leben hält viele Überraschungen für dich bereit. Es wird noch viele Menschen geben, die dir begegnen werden, und nicht jeder von ihnen wird für immer Teil deines Lebens bleiben. Aber jeder von ihnen wird dir auf seine Weise etwas geben. Vielleicht etwas, das du im Moment nicht verstehst, aber das dir später hilft, zu wachsen. Und auch wenn du nicht weißt, was diese Begegnung mit Nisa für dich bedeutet, weißt du, dass es einen Grund gibt, warum du jetzt an diesem Punkt bist. Du bist bereit, dich darauf einzulassen."

„Danke, Mama", sagte er schließlich, und die Worte fühlten sich plötzlich so viel bedeutungsvoller an, als er sie ausgesprochen hatte. „Ich habe nicht gewusst, dass ich das so sehen kann. Ich werde darüber nachdenken, wirklich nachdenken."

Sie nickte, ihre Augen strahlten eine Mischung aus Stolz und Liebe aus. „Ich bin froh, dass du mit mir darüber gesprochen hast, Hamza. Und egal, wohin dich diese Begegnung mit Nisa führt, du wirst es nicht alleine tun. Ich werde immer da sein, um dir zuzuhören, wenn du reden willst."

NISA

„Es war unglaublich", sagte ich zu Zeynep, während ich in meinem Zimmer auf dem Bett lag, das Handy an mein Ohr gepresst. Ich konnte die Aufregung noch immer in meiner Stimme hören, als ich von gestern erzählte. Es war, als ob ich diese Momente immer wieder erleben wollte, wie ein schöner Traum, den ich nicht loslassen konnte.

„Er heißt Hamza, Zeynep. Hamza." Ich lächelte, als der Name über meine Lippen kam.

„Oh Gott, du klingst so begeistert!", hörte ich Zeyneps Stimme, die sofort von einer Mischung aus Neugier und Freude erfüllt war. Sie war immer so, immer sofort voll in einem Gespräch drin, als würde sie die Emotionen des anderen durch das Telefon spüren können.

„Ja, es war einfach... anders als alles, was ich bisher erlebt habe", fuhr ich fort. „Er ist so... authentisch, Zeynep. Weißt du, manchmal trifft man jemanden, und es ist, als ob man sich sofort versteht, als ob man die gleiche Sprache spricht, ohne ein einziges Wort zu viel zu sagen. So fühlte es sich an."

Ich lehnte mich zurück und schloss für einen Moment die Augen, während die Bilder des Abends in meinem Kopf wieder lebendig wurden. Der Moment im Bus, als sich unsere Blicke trafen, die ersten Worte, die wie selbstverständlich aus uns herauskamen, und dann das Gespräch über das Leben, die kleinen Dinge, die uns alle verbinden.

„Das klingt ja fast zu schön, um wahr zu sein", sagte Zeynep und ich konnte das Zögern in ihrer Stimme hören.

„Du weißt, wie vorsichtig ich mit solchen Sachen bin, Nisa. Es gibt so viele Männer, die einen mit genau diesen Worten in den Bann ziehen und einen dann fallen lassen, wenn sie ihren Spaß hatten. Bist du sicher, dass er anders ist?"

Ich setzte mich auf und spielte nervös mit einer Haarsträhne. „Ich weiß es nicht, Zeynep. Aber irgendetwas an ihm fühlt sich einfach richtig an. Es ist nicht dieses typische 'Oh, er will nur Spaß' oder 'Er spielt mit mir'. Es ist anders. Er ist nicht wie die anderen Männer, die ich kennengelernt habe. Es war einfach... echt."

„Echt?", wiederholte Zeynep nachdenklich. „Das ist ein starkes Wort, Nisa. Aber du weißt, wie das Spiel läuft. Sie können sich alle erstmal richtig echt geben, und dann kommt der Moment, in dem du plötzlich die Maske abnimmst und der wahre Charakter zum Vorschein kommt. Ich hoffe wirklich für dich, dass Hamza mehr ist als nur ein weiterer schöner Moment. Aber lass dich nicht täuschen. Ich hoffe, er ist wirklich ein Mann, der zu dir steht und nicht wie all die anderen, die mit dir gespielt haben."

Ich spürte die Sorge in Zeyneps Stimme, ihre Worte schmerzten, weil sie so viel Wahrheit beinhalteten. Sie hatte recht. Es gab so viele Männer, die sich zu Beginn als genau das präsentierten, was man wollte – charmant, aufmerksam, interessant – nur um sich später als das genaue Gegenteil zu entpuppen.

Ich konnte ihre Skepsis verstehen, denn sie hatte mich immer davor gewarnt, mein Herz zu schnell zu verschenken. Und doch wollte ich nicht aufgeben, an die Möglichkeit zu glauben, dass es da draußen jemanden gab, der es wirklich ernst meinte.

„Ich verstehe, was du meinst, Zeynep", sagte ich schließlich, „aber Hamza fühlt sich anders an. Ich kann es einfach nicht anders erklären. Es war, als ob er etwas in mir berührt hat, das ich lange nicht gespürt habe. Als ob ich wirklich mit jemandem auf einer Wellenlänge bin." Ich seufzte und fuhr fort: „Er ist heute sogar wieder hier in der Nähe, wir treffen uns nach dem Gebet. Ich wollte dir das einfach erzählen, weil ich das Gefühl habe, dass du die einzige bist, die mich versteht. Ich werde vorsichtig sein, aber es fühlt sich irgendwie richtig an."

Zeynep schwieg für einen Moment, und ich konnte mir vorstellen, wie sie in ihrem Zimmer saß, mit ihrem eigenen Blick auf die Situation, den sie mir nicht sofort verraten wollte. Schließlich hörte ich sie wieder sprechen, dieses Mal ruhiger, aber immer noch mit einer Spur von Besorgnis. „Du weißt, Nisa", sagte sie, „ich will nicht, dass du wieder von einem Mann enttäuscht wirst. Du hast dich schon so oft geöffnet, nur um dann verletzt zu werden. Aber gleichzeitig möchte ich auch nicht diejenige sein, die dir das Glück verbaut. Vielleicht ist Hamza ja wirklich der Richtige, aber sei vorsichtig. Ich hoffe für dich, dass er der Mann ist, der dir zeigt, dass wahre Liebe nicht immer nur ein Traum ist. Ich hoffe, dass er das Ganze halal angeht."

Ich lächelte sanft und spürte die Wärme in Zeyneps Worten. „Ich werde vorsichtig sein, versprochen. Aber vielleicht muss ich einfach auch mal an das Gute glauben, Zeynep. Vielleicht ist es jetzt einfach der richtige Moment."

„Ich hoffe es für dich", sagte sie, ihre Stimme weich und voller Hoffnung. „Ich hoffe wirklich, dass Hamza mehr ist als die Männer, die dir das Herz gebrochen haben. Ich hoffe, er ist ein Mann, der dich in all deiner Stärke sieht, der dich nicht nur in den Momenten liebt, sondern auch dann, wenn es schwer wird. Ein Mann, der dich wirklich versteht und respektiert. Ein Mann, der das Wort 'Liebe' nicht nur als leere Phrase benutzt, sondern der es in Taten umsetzt. Das wünsche ich dir von ganzem Herzen."

Ich nickte, auch wenn Zeynep mich nicht sehen konnte. Ihre Worte trafen mich tief, aber ich wollte auch nicht zu schnell aufgeben. Vielleicht war ich naiv, aber ein Teil von mir wollte an etwas Gutes glauben. „Ich werde es sehen, Zeynep", sagte ich schließlich, „ich werde sehen, wie sich alles entwickelt. Und wenn er wirklich der Richtige ist, dann werde ich wissen, dass es nicht nur ein weiterer flüchtiger Moment war."

„Das hoffe ich", antwortete sie leise, „für dich, Nisa. Für dich."

Als ich auflegte, blieb ich noch einen Moment lang sitzen, das Handy immer noch in meiner Hand. Doch dann fiel mein Blick auf die Uhr, und mir wurde bewusst, dass ich mich beeilen musste. Es war Mittwoch – das bedeutete, dass ein langer Tag an der Uni vor mir lag.

Ich atmete tief durch, legte mein Handy auf den Schreibtisch und stand langsam auf. Mein Blick wanderte durch mein Zimmer. Die Bücher auf meinem Regal, die Notizen auf meinem Schreibtisch und die halb geöffnete Tasche auf meinem Bett erinnerten mich daran, dass mein Alltag weiterging, unabhängig davon, wie sehr meine

Gedanken noch bei Hamza verweilten. Ich ging zum Kleiderschrank, zog eine bequeme Jeans und einen lockeren Pullover heraus und zog mich langsam an. Mein Studium war mir wichtig, und so sehr ich mit meinen Gedanken woanders war, wollte ich mich nicht aus der Bahn werfen lassen.

Als ich meine Tasche packte, überprüfte ich noch einmal, ob ich alles dabei hatte – mein Laptop, meine Notizbücher, ein paar Stifte und natürlich meine Wasserflasche. Ich hatte heute mehrere Seminare, darunter eines zu pädagogischer Psychologie, das ich besonders interessant fand. Mein Lehramtsstudium war eine Herausforderung, aber es war genau das, was ich wollte. Ich wollte später unterrichten, jungen Menschen Wissen vermitteln und ihnen helfen, die Welt aus neuen Perspektiven zu sehen. Es war eine Verantwortung, aber auch eine Berufung, die mir am Herzen lag.

Mit meiner Tasche über der Schulter verließ ich mein Zimmer, lief durch den Flur und zog mir schnell meine Schuhe an. In der Küche saß meine Mutter und sah mich mit einem aufmerksamen Blick an.

„Schon auf dem Weg zur Uni?", fragte sie mit einem sanften Lächeln.

Ich nickte und zog meine Jacke an. „Ja, es wird ein langer Tag. Ich habe bis zum späten Nachmittag Seminare."

Sie musterte mich kurz. „Vergiss nicht, zwischendurch eine Pause zu machen. Du weißt, wie du manchmal alles um dich herum vergisst, wenn du dich in deine Vorlesungen vertiefst. Und komm nicht zu spät zu Iftar"

Ich lächelte und trat näher zu ihr. „Ich werde daran denken, Mama." Dann nahm ich meine Tasche und verabschiedete mich mit einer schnellen Umarmung, bevor ich zur Tür hinausging.

Draußen umfing mich die frische Morgenluft, während ich schnellen Schrittes zur Bahnstation ging. Die Straßen waren nun deutlich belebter als zuvor. Menschen eilten zur Arbeit, Studenten mit Kopfhörern in den Ohren standen an Bushaltestellen und ältere Leute führten ihre ersten Erledigungen des Tages durch. Ich schob meine Hände in die Jackentaschen und genoss den Moment.

Als ich an der Haltestelle ankam, war die Bahn gerade eingefahren. Ich stieg ein und suchte mir einen Platz am Fenster. Während sich die Bahn in Bewegung setzte, lehnte ich mich zurück und sah hinaus.

Während die Bahn weiterfuhr, ließ ich meine Gedanken noch einmal zu Hamza schweifen. Ich fragte mich, wie unser Treffen später sein würde. Und noch mehr fragte ich mich, ob Hamza genauso aufgeregt war wie ich.

HAMZA

Ich saß da, die Hände ineinander verschränkt, den Blick auf den Boden geheftet. Meine Gedanken drehten sich im Kreis, ein ständiges Ringen zwischen dem, was ich tun wollte, und dem, wovor ich mich fürchtete. Normalerweise hätte ich in Momenten wie diesen mit Karam gesprochen. Er war immer derjenige gewesen, der mir zugehört hatte, der meine Zweifel verstand und der mir den richtigen Weg aufzeigte. Aber Karam war nicht hier. Er lag in einem Krankenhausbett, umgeben von Maschinen, die für ihn atmeten, sein Herz schlagen ließen, seinen Körper am Leben hielten. Und ich hatte mich nicht ein einziges Mal getraut, ihn zu besuchen.

Wie denn auch? Was sollte ich ihm sagen? Mit welchem Gesicht sollte ich ihm begegnen? Ich fühlte mich, als hätte ich ihn im Stich gelassen. Die Schuld lastete auf meinen Schultern, schwerer als alles, was ich je getragen hatte. Ich hatte vor seiner Zimmertür gestanden, meine Hand schon an der Klinke, und war dann doch zurückgewichen. Ich hatte Angst. Angst vor der Realität, die mich hinter dieser Tür erwarten würde. Angst davor, ihn in diesem Zustand zu sehen. Angst davor, dass er mich nicht hören konnte.

Oder noch schlimmer – dass er mich hören konnte und mich verachtete.

Aber heute war es anders. Heute musste ich gehen. Es war an der Zeit.

Ich stand auf, zog meine Jacke über und griff nach meinen Schlüsseln. Der Weg zum Krankenhaus fühlte sich länger an als je zuvor.

Als ich schließlich vor Karams Zimmer stand, hielt ich einen Moment inne. Das leise Piepen der Maschinen drang durch die Tür. Ich holte tief Luft, drückte die Klinke hinunter und trat ein.

Da lag er. Blass, regungslos. Schläuche führten zu seinem Körper, Monitore blinkten in einem beruhigenden Rhythmus. Er sah aus, als würde er schlafen, aber ich wusste, dass es kein gewöhnlicher Schlaf war. Ich schluckte schwer, trat näher ans Bett.

"Hey, Bruder", sagte ich leise, meine Stimme rau. "Es tut mir leid, dass ich erst jetzt komme. Ich... ich wusste nicht, wie ich dir gegenübertreten soll."

Ich setzte mich auf den Stuhl neben seinem Bett, strich mir mit einer zitternden Hand durchs Haar.

"Weißt du, ich dachte immer, wir hätten alle Zeit der Welt. Ich dachte, egal was passiert, wir würden immer reden können. Aber jetzt... jetzt bist du hier, und ich weiß nicht mal, ob du mich hören kannst. Bitte komm zurück, ja? Verstehst du… ich brauche dich… ich brauchte dich schon immer, Karam."

Ich fing an Tränen zu bekommen.

„Karam, ich werde mir das nie verzeihen, weißt du." Meine Stimme brach kurz, aber ich zwang mich, weiterzusprechen. "Es gibt so vieles, worüber ich mit dir reden will. So vieles, was ich nicht gesagt habe. Aber es gibt etwas, über das ich mit dir reden wollte. Genau bei solchen Momenten würdest du wollen, dass ich zu dir komme. Da ist etwas... jemand."

Ich lehnte mich vor, meine Hände umfassten die Armlehnen des Stuhls. "Ich habe jemand kennengelernt, Karam. Ihr Name ist Nisa. Ich weiß nicht, was es bedeutet, aber... es war besonders. Sie war besonders. Ich habe sie nach dem Gebet im Bus getroffen, und es war, als hätte sie schon immer einen Platz in meinem Leben gehabt, als wäre sie nicht einfach nur irgendeine Begegnung gewesen. Ich weiß nicht, ob ich mir das einbilde, ob ich zu viel hineininterpretiere, aber... ich hätte so gerne mit dir darüber gesprochen."

Ich lachte leise, bitter. "Du hättest mir wahrscheinlich gesagt, ich soll nicht so ein Theoretiker sein und es einfach auf mich zukommen lassen. Dass das Leben nicht in meinen Händen liegt und ich nicht alles kontrollieren kann. Aber das ist es ja – ich habe das Gefühl, dass ich seit mein Vater weg ist nichts mehr unter Kontrolle habe."

Ich ließ den Kopf sinken, die Stille des Raumes umhüllte mich. "Ich brauche deinen Rat, Bruder. Ich brauche dich. Ich weiß nicht, was ich tun soll, nicht nur mit Nisa, sondern mit allem. Ich habe Angst. Angst, dich zu verlieren. Angst, dass ich nie die Chance bekomme, dir alles zu sagen, was ich dir sagen will."

Ich nahm seine Hand in meine, drückte sie sanft. "Bitte, wenn du mich hören kannst... komm zurück. Ich weiß, dass das egoistisch ist, aber ich kann mir diese Welt ohne dich nicht vorstellen."

Mein Blick wanderte über sein ruhiges Gesicht, suchte nach einem Zeichen, nach irgendetwas, das mir Hoffnung geben konnte. Doch er blieb regungslos. Nur das stetige Piepen der Maschinen erinnerte mich daran, dass er noch da war, irgendwo tief in sich selbst.

Ich blieb noch eine Weile sitzen, sprach weiter mit ihm, erzählte ihm von meinem Leben, von meinen Gedanken, von meinen Hoffnungen und Ängsten. Und als ich schließlich aufstand, um zu gehen, fühlte es sich an, als hätte ich ihm zumindest ein kleines Stück von dem zurückgegeben, was wir einmal hatten.

"Ich komme wieder", flüsterte ich, bevor ich den Raum verließ. "Und ich warte auf dich."

Ich verließ das Krankenhaus mit schweren Schritten. Mein Herz fühlte sich schwer an, voller Fragen, auf die ich keine Antwort hatte.

Mein Weg führte mich direkt zur Moschee. Der Ruf des Gebets war längst verklungen, aber ich wusste, dass der Imam noch dort sein würde. Die Moschee war für mich nicht nur ein Ort des Gebets, sondern auch ein Zufluchtsort, ein Ort, an dem meine Seele zur Ruhe kam.

Ich trat ein, zog meine Schuhe aus und betrat den leeren Gebetsraum. Nur wenige Brüder waren noch da, vertieft in ihre Gebete oder in leise Gespräche. Ich suchte mit meinem Blick nach dem Imam, und tatsächlich fand ich ihn in einer Ecke sitzend, seine Gebetskette durch die Finger gleiten lassend.

„Assalamu alaikum, Imam", sagte ich leise, um ihn nicht zu erschrecken.

Er hob den Kopf, ein warmes Lächeln auf den Lippen. „Wa alaikum assalam, Hamza. Setz dich zu mir. Was führt dich her?"

Ich nahm neben ihm Platz, rang kurz mit mir selbst und atmete tief durch, bevor ich sprach. „Ich brauche deinen

Rat. Es geht um eine Begegnung, die mein Herz nicht loslässt."

Der Imam nickte verständnisvoll. „Erzähl mir davon."

Ich berichtete ihm von Nisa, von der unerwarteten Begegnung im Bus nach dem Gebet, von dem Gefühl, das mich nicht mehr losließ. Ich sprach von meiner Unsicherheit, meinem Wunsch, alles richtig zu machen, und meiner Angst, falsche Entscheidungen zu treffen.

Der Imam hörte geduldig zu, seine Augen voller Güte. Als ich endete, schwieg er einen Moment, als würde er meine Worte in sich aufnehmen, bevor er antwortete.

„Hamza, Allah führt Menschen aus einem bestimmten Grund zusammen. Doch wir müssen sicherstellen, dass wir in allem, was wir tun, seine Zufriedenheit anstreben. Wenn du glaubst, dass Nisa eine wichtige Rolle in deinem Leben spielen könnte, dann gestalte diesen Weg von Anfang an auf eine Weise, die halal ist."

Ich nickte, wissend, dass er recht hatte. „Aber wie? Ich weiß nicht, wo ich anfangen soll."

Er lächelte. „Es gibt viele Wege, doch der beste ist, dass du sie nach dem Tarawih-Gebet bittest, sich mit dir in meiner Anwesenheit zu unterhalten. So bewahren wir die Grenzen, die uns vorgeschrieben sind und du kannst mit ihr in einer respektvollen und geschützten Umgebung sprechen. Wenn sie ernsthaftes Interesse hat, wird sie diesen Vorschlag sicher zu schätzen wissen."

Seine Worte brachten eine Ruhe in mich, die ich lange nicht gespürt hatte. „Ja, das klingt richtig. Ich werde es so machen."

Der Imam legte mir kurz die Hand auf die Schulter. „Vertraue auf Allah, Hamza. Er öffnet Wege, wo wir keine sehen."

Ich verbrachte die nächste Stunde in der Moschee, verrichtete meine Gebete, las still den Koran und ließ die Worte des Imams in mir nachklingen. Als die Zeit für das Tarawih-Gebet kam, füllte sich die Moschee mit Brüdern, die Schulter an Schulter standen, vereint in ihrem Gebet. Ich versuchte, mich ganz auf meine Verbindung zu Allah zu konzentrieren, aber mein Herz schlug unruhig, denn ich wusste, was nach dem Gebet auf mich wartete.

Nach dem letzten Taslim blieb ich noch einen Moment sitzen, ließ die Atmosphäre auf mich wirken. Dann erhob ich mich langsam, trat aus der Moschee und ging zur Bushaltestelle, an der ich sie hoffte zu treffen.

Und da war sie.

Nisa stand unter dem Licht der Straßenlaterne, ihr Blick schweifte über die vorbeifahrenden Autos, als würde sie in

Gedanken versunken sein. Ihr Anblick löste eine Wärme in mir aus.

Ich atmete tief durch, sammelte meinen Mut und trat auf sie zu.

„Assalamu alaikum, Nisa."

NISA

Ich seufzte leise, als ich endlich den Campus verließ und mich auf den Heimweg machte. Es war ein langer Tag gewesen – vollgepackt mit Seminaren, Vorlesungen und Gruppenarbeiten. Auch wenn ich mein Studium liebe und jede neue Erkenntnis mich fasziniert, zehren diese langen Tage dennoch an meinen Kräften. Mein Kopf fühlte sich schwer an, als wäre er überfüllt mit Wissen und Gedanken, die keinen Platz mehr fanden.

Ein Blick auf mein Handy verriet mir, dass es bereits 21:20 Uhr war. Noch etwas mehr als eine Stunde, dann würde der Fastenmonat Ramadan mir das Geschenk des Iftars bringen – der Moment, in dem das Fasten gebrochen wird und der Körper nach einem Tag der Enthaltsamkeit wieder gestärkt wird.

Ich beschleunigte meine Schritte, die frische Nachtluft half mir, meine Müdigkeit abzuschütteln. Als ich schließlich meine Wohnung erreichte und die Tür aufschloss, wurde ich sofort von einem betörenden Duft empfangen. Der Geruch von gebratenem Hackfleisch, warmem Teig und feinen Gewürzen stieg mir in die Nase, ließ mein

Magen knurren und ein Lächeln auf meine Lippen huschen. Meine Mutter hatte wieder einmal gezaubert.

„Bist du endlich da, Nisa?" Die warme Stimme meiner Mutter schallte aus der Küche.

„Ja, Mama! Es riecht so gut!" rief ich zurück, während ich meine Tasche in die Ecke stellte und in die Küche lief.

Meine Mutter stand am Herd, rührte noch an einer dampfenden Suppe, während mein Vater bereits am Tisch saß und den Datteln in der kleinen Schale auf dem Tisch sehnsüchtige Blicke zuwarf. Mein jüngerer Bruder Yunus scrollte gelangweilt auf seinem Handy herum. Es war diese Art von familiärem Chaos, die ich so sehr liebte.

„Setz dich, hilf mir lieber beim Tischdecken, bevor du nur den ganzen Tag redest", scherzte meine Mutter.

Ich lachte und griff nach den Tellern, während wir alle gemeinsam das Essen anrichteten. Als schließlich der Gebetsruf erklang, wurde es für einen Moment still. Jeder von uns nahm eine Dattel, sprach das Bittgebet und trank das erste erlösende Glas Wasser. Der erste Bissen nach einem langen Fastentag war immer ein unbeschreibliches Gefühl – eine Mischung aus Dankbarkeit und Erleichterung.

Das Essen war, wie immer, ein kleines Fest. Meine Mutter hatte Lahmacun gemacht, dazu eine würzige Joghurtsauce und einen frischen Salat mit

Granatapfelkernen. Wir redeten über den Tag, lachten über Anekdoten aus meiner Kindheit, und mein Vater stellte mir wieder einmal Fragen zu meinen Vorlesungen – als wäre er insgeheim selbst Student.

„Papa, es ist süß, dass du Interesse an meiner Uni hast, aber du bist nicht mein Professor", neckte ich ihn grinsend.

Er lachte. „Ich will nur sicherstellen, dass du nicht einfach dort schläfst und uns anlügst."

„Ach, als ob ich mir das leisten könnte!", erwiderte ich lachend und aß weiter.

Nach einer Weile legte ich mein Besteck zur Seite und sagte mit gespielter Gleichgültigkeit: „Ich werde nach Iftar noch in die Moschee gehen. Eine Freundin wartet auf mich."

Meine Mutter sah mich mit hochgezogenen Augenbrauen an. „Seit wann gehst du so oft zum Tarawih?"

Ich zuckte mit den Schultern. „Ich habe einfach Lust, heute in der Moschee zu beten."

Natürlich war das nicht die volle Wahrheit. Ich hatte vor, Hamza zu treffen, doch das konnte ich meinen Eltern nicht sagen. Nicht jetzt, nicht bevor ich mir über alles im Klaren war.

„Na gut", sagte meine Mutter schließlich. „Aber sei nicht zu spät zurück."

„Versprochen."

Nachdem ich mich verabschiedet hatte, machte ich mich auf den Weg. Mein Herz klopfte ein wenig schneller, je näher ich der Moschee kam.

Die Moschee betretend, umfing mich sofort eine Atmosphäre der Ruhe und Erhabenheit. Das sanfte Licht der Kronleuchter spiegelte sich auf dem polierten Marmorboden wider. Der Duft von Rosenwasser lag in der Luft, vermischte sich mit der sanften Stimme eines alten Mannes, der leise seine Gebete murmelte. Jedes Mal, wenn ich diesen heiligen Ort betrat, fühlte es sich an, als würde ich in eine andere Welt eintauchen – eine Welt fernab der Hektik des Alltags, eine Welt der Einkehr und Besinnung.

Der Frauenbereich war zwar klein, doch für mich war er der schönste Ort, den ich je betreten hatte. Die weichen Gebetsteppiche in sattem Grün luden zum Verweilen ein, und die feinen Muster an den Wänden erzählten Geschichten von jahrhundertealter Kunst. Hier, an diesem Ort, konnte ich den Lärm der Welt hinter mir lassen und mich ganz meiner Verbindung zu Allah widmen.

Ich fand einen Platz in der hinteren Reihe und schloss für einen Moment die Augen. Das Tarawih-Gebet war für mich immer eine besondere Zeit. Es war nicht nur ein Akt der Anbetung, sondern auch eine Gelegenheit, mein Herz zu reinigen, meinen Gedanken Klarheit zu schenken und meine Sorgen in den Händen meines Schöpfers zu lassen. Während der Imam die ersten Verse rezitierte, ließ ich mich von den melodischen Klängen tragen. Jede Verbeugung, jede Niederwerfung fühlte sich wie eine Erleichterung an, als würde ich all meine Ängste und Zweifel auf den Boden legen und im Gebet Zuflucht finden.

Als das Gebet beendet war, verharrte ich noch einen Moment auf meiner Gebetsmatte. Ich sprach ein leises Bittgebet, bat um Klarheit, um Weisheit, um eine richtige Entscheidung. Dann stand ich auf, nahm mein Tuch zurecht und verließ die Moschee.

Draußen umfing mich die kühle Nachtluft, die noch immer die Wärme des Tages in sich trug. Ich zog meinen Schal enger um mich und machte mich auf den Weg zur Bushaltestelle. Die Straßen waren ruhig, nur vereinzelt passierten Autos mit gedämpften Lichtern. Meine Schritte hallten leise, und mit jedem Meter, den ich der Bushaltestelle näher kam, spürte ich, wie mein Herz schneller schlug.

Ich wusste, dass er da sein würde. Dass er auf mich warten würde.

Und tatsächlich – kaum hatte ich die Haltestelle erreicht, sah ich ihn. Hamza.

Er lief mir entgegen, die Hände in den Taschen. Als er mich bemerkte, trat er einen Schritt nach vorne, und mit einer ruhigen, aber bestimmten Stimme sagte er:

„Assalamu alaikum, Nisa."

Ein kleines Lächeln umspielte meine Lippen, während ich leise antwortete:

„Wa alaikum assalam, Hamza."

HAMZA

Ich überlegte, was ich als nächstes sagen sollte. Ich wollte die richtigen Worte finden, alles perfekt machen. Ich hatte die letzten Wochen genug Fehler gemacht, diesmal musste es gut laufen. Ich dachte an meine Mutter, die mir klargemacht hatte, dass Begegnungen im Leben immer einen Grund haben. Ich dachte an Karam, der mir nur durch seine Anwesenheit im Krankenbett mehr als genug gab. Ich dachte an den Imam, der mir anbot, gemeinsam ein Gespräch mit Nisa zu suchen. Mir war klar, dass das Ganze sehr frisch war, aber ich wollte nicht weiter sündenfrei durch das Leben gehen. Vielleicht hatte Allah mir genau diese Botschaft geschickt, dass ich genau jetzt das Richtige tue.

Wir sprachen zunächst über ganz Alltägliches. Es war ein angenehmes Gespräch, flüssig und leicht, als wären wir alte Bekannte. Nisa lachte leise, wenn ich etwas Witziges sagte, und ich merkte, wie sie versuchte, ihre Freude nicht zu offensichtlich zu zeigen. Doch ihre Augen verrieten sie.

„Ich habe eine Idee," sagte ich nach einer Weile. „Warum reden wir nicht mit dem Imam? Er hat mir sehr geholfen und vielleicht können wir dort einfach… weiterreden." Ich beobachtete sie genau. Ich wusste nicht, ob sie meine Idee gut fand, doch dann nickte sie.

„Das klingt gut", sagte sie mit einem Lächeln, das viel mehr verriet als ihre Worte.

Wir gingen gemeinsam zur Moschee. Dort saß der Imam in einer ruhigen Ecke und las im Quran. Als er uns bemerkte, lächelte er.

„Assalamu alaikum, Hamza. Und du musst Nisa sein?"

„Wa aleikum salam," antworteten wir fast gleichzeitig.

Der Imam deutete auf die Sitzkissen vor ihm und wir setzten uns.

„Also, was bringt euch zu mir?" fragte er mit ruhiger Stimme.

Ich überlegte, wie ich beginnen sollte.

„Wir haben uns erst vor kurzem kennengelernt," begann ich vorsichtig. „Aber es gibt viele Dinge, die uns verbinden. Ich wollte einfach ein Gespräch mit dir führen und schauen, was du dazu sagst."

Der Imam nickte verstehend. „Verbindungen sind oft stärker, als wir es selbst verstehen. Erzählt mir mehr über euch."

Ich atmete tief durch.

„Ich studiere Lehramt," begann ich.

„Was?!" fiel Nisa mir ins Wort. „Ich auch!"

Wir schauten uns verblüfft an.

„Was sind deine Fächer?" fragte ich neugierig.

„Geschichte und Philosophie", antwortete sie.

Mir blieb kurz die Luft weg.

„Unmöglich. Das sind genau meine Fächer!"

Der Imam lachte leise. „Allah führt Menschen zusammen, die sich ergänzen."

Nisa und ich konnten es kaum glauben.

„Wo studierst du?" fragte ich.

Sie nannte mir die Universität mit einem breiten Lächeln.

Ich war sprachlos.

„Ich auch. Wie ist das möglich?"

Der Imam sah uns aufmerksam an.

„Vielleicht solltet ihr euch nicht fragen, warum es so ist, sondern was ihr daraus macht."

Wir schwiegen einen Moment, dann fragte Nisa:

„Hamza, was hat dich in die Moschee geführt?"

Ich erzählte ihr von den letzten Wochen. Vom Tod meines Vaters, von meiner inneren Leere, von meinen Fehlern, von Karam. Ich erwartete, dass sie schockiert wäre, doch sie sah mich nur verständnisvoll an.

„Ich habe auch jemanden verloren," sagte sie leise. „Meinen großen Bruder vor zwei Jahren. Seitdem habe ich mich verändert, aber die Moschee hat mir Halt gegeben."

Mir wurde warm ums Herz. Wir verstanden uns, ohne dass wir es aussprechen mussten.

Der Imam lächelte. „Allah führt Menschen zueinander, die sich helfen können. Vielleicht ist dies der Anfang eines neuen Weges für euch beide."

Wir schwiegen, ließen die Worte wirken.

Der Imam blickte uns wohlwollend an, seine Stimme sanft, aber bestimmt.

„Ihr beiden, ich würde euch empfehlen, jetzt erst einmal nach Hause zu gehen und das Ganze auf euch wirken zu lassen. Morgen nach Tarawih reden wir weiter, ja? Bis dahin geht getrennt nach Hause und versucht, das nächste Gespräch auf morgen, hier gemeinsam, zu lassen."

Seine Worte klangen vernünftig, beinahe weise. Es war, als hätte er in uns hineingesehen, als hätte er verstanden, dass das, was hier geschah, nicht nur eine gewöhnliche Begegnung war. Es war mehr. Eine Brücke, die sich zwischen zwei Leben spannte, die zuvor noch nicht wussten, dass sie sich irgendwann kreuzen würden.

Nisa und ich schauten uns für einen Moment an. Ohne ein Wort zu sagen, nickten wir schließlich – ein stilles

Einverständnis, dass der Imam recht hatte. Manchmal musste man Dinge erst sacken lassen, musste sie in der Stille des eigenen Herzens bewegen, bevor man den nächsten Schritt tat.

Als wir die Moschee verließen, umfing uns die kühle Nachtluft. Der Himmel war dunkel, aber voller funkelnder Sterne. Wir gingen hintereinander her, langsam, schweigend, doch es war eine angenehme Stille. Eine, die nicht unangenehm oder leer war, sondern voller unausgesprochener Gedanken.

Als wir an der Bushaltestelle ankamen, blieb ich stehen. Ich wartete, dass ihr Bus zuerst kommen würde und ich wollte nicht, dass sie allein im Dunkeln wartete. Also blieb ich an ihrer Seite, beobachtete, wie sie ihr Handy in der Hand drehte, als würde sie überlegen, ob sie etwas sagen sollte. Schließlich lächelte sie sanft.

Ich erwiderte ihr Lächeln und nickte.

Mehr musste nicht gesagt werden. Es war bereits alles in der Luft, in unseren Blicken, in dem, was wir nicht aussprachen.

Dann kam ihr Bus. Sie warf mir noch einen kurzen Blick zu, ein Blick, der so viel sagte, dass Worte überflüssig waren. Dann stieg sie ein, und ich blieb stehen, während die Türen sich schlossen und der Bus langsam davonrollte. Ich sah ihm nach, bis die roten Rücklichter in der Dunkelheit verschwanden.

Heute war mehr passiert, als ich je erwartet hatte. Es war, als hätte Allah mir einen neuen Weg gezeigt, eine neue Richtung, die ich gehen konnte.

Kurz darauf kam mein Bus. Ich stieg ein, setzte mich auf einen Platz am Fenster und schaute hinaus. Die Stadt zog langsam an mir vorbei, die Lichter flimmerten, während ich darüber nachdachte, was morgen bringen würde.

Wer immer heiratet, hat die
Hälfte seiner Religion bewahrt.

Mohammed Saw

Der 24. Tag

NISA

Kaum hatte Zeynep abgehoben, sprudelten die Worte aus mir heraus. „Zeynep, du wirst es nicht glauben! Wir waren beim Imam!", sagte ich aufgeregt. Ich konnte förmlich hören, wie sie ihre Augen weit aufriss.

„Warte, WAS?!", kam ihre schockierte, aber neugierige Antwort.

„Ja, Hamza hat einen Imam organisiert, damit wir uns halal kennenlernen. Und weißt du was? Es war... unglaublich. Ich meine, wir haben so viele Gemeinsamkeiten entdeckt! Er studiert Lehramt – genau wie ich! An der gleichen Universität! Er will Geschichte und Philosophie unterrichten, genau meine Fächer! Und dann haben wir über unsere Vergangenheit, unsere Schicksalsschläge geredet.... Vieles war da identisch…"

Zeynep lachte am anderen Ende der Leitung. „Also, wenn das mal kein Zeichen ist! SubhanAllah, Nisa, das klingt ja nach einem richtigen Schicksalsmoment."

Ich biss mir leicht auf die Lippe und lächelte. „Es fühlt sich jedenfalls so an. Und heute treffen wir uns wieder, nach dem Tarawih-Gebet."

„Oh mein Gott, bist du aufgeregt?"

Ich seufzte. „Sehr sogar. Es ist irgendwie… komisch. Ich meine, vor ein paar Tagen kannte ich ihn nicht mal. Und jetzt fühlt es sich an, als hätte ich einen Menschen getroffen, den ich schon immer hätte kennen sollen."

„Klingt nach einer dieser Geschichten, die unsere Mütter gerne erzählen, wenn sie uns zeigen wollen, dass alles nach Allahs Plan läuft."

Ich lachte. „Ja, vielleicht ist es wirklich so."

Wir sprachen noch eine Weile, bis ich schließlich auflegte.

Ich stand auf, machte mein Bett und öffnete das Fenster. Die frische Luft füllte den Raum, während ich in die Straße hinabschaute. Es war ein ruhiger Morgen. Die Welt schien sich noch langsam in Bewegung zu setzen.

Im Wohnzimmer verbrachte ich die Zeit mit meiner Familie. Meine Mutter sah mich immer wieder mit diesem besonderen Blick an – diesem Blick, den Mütter haben, wenn sie ahnen, dass etwas im Leben ihrer Tochter passiert. Ich wusste, dass sie sich fragte, was los war, aber ich wollte es ihr nicht sagen. Noch nicht.

Am Nachmittag setzte ich mich an meine Uni-Aufgaben, versuchte mich zu konzentrieren, doch meine Gedanken drifteten immer wieder ab. Ich dachte an unser

Gespräch gestern. An den Moment, als wir immer wieder erstaunt waren, wie ähnlich unsere Wege waren.

Später bereitete ich mich auf das Gebet vor. Ich nahm eine lange Dusche, zog mein schönstes Gebetskleid an und setzte mich mit dem Qur'an hin, um einige Verse zu lesen. Ich wollte meinen Geist beruhigen, mein Herz noch mehr auf Allah ausrichten. Denn wenn all das wirklich sein Wille war, dann wollte ich es mit Klarheit und Reinheit angehen.

Als der Abend näher rückte, machte ich mich auf den Weg zur Moschee. Die Straßen waren belebt, überall sah man Menschen, die in die gleiche Richtung gingen – Männer, Frauen, Kinder. Die Luft war erfüllt vom Duft frischer Baklava, den die Straßenverkäufer vor den Moscheen anboten. Es war Ramadan. Diese besondere Atmosphäre, die es nur in diesem gesegneten Monat gab, umfing mich und ließ mein Herz schneller schlagen.

Ich betrat die Moschee, zog meine Schuhe aus und trat in den Gebetsraum der Frauen. Die Atmosphäre war voller Ehrfurcht, voller Hingabe. Frauen saßen auf den Teppichen, lasen still in ihren Qur'ans, einige flüsterten Bittgebete, andere schlossen für einen Moment die Augen und ließen die Stille auf sich wirken.

Ich setzte mich in die Ecke, atmete tief durch und ließ meinen Blick über die Menschen gleiten.

Und dann begann das Tarawih-Gebet.

HAMZA

Der Tag begann wie jeder andere – und doch war er anders. Es lag eine seltsame Ruhe über mir, eine Zufriedenheit, die ich seit Wochen nicht mehr gespürt hatte. Vielleicht, weil ich zum ersten Mal seit Langem das Gefühl hatte, etwas wirklich Richtiges getan zu haben. Vielleicht, weil sich mein Herz nicht mehr so schwer anfühlte, wie es das noch vor einigen Tagen getan hatte.

Ich stand auf, verrichtete mein Gebet und blieb danach noch eine Weile auf meinem Gebetsteppich sitzen. Meine Gedanken kreisten um den gestrigen Abend. Das Gespräch mit dem Imam, die Gemeinsamkeiten, die ich mit Nisa entdeckt hatte – es fühlte sich alles so natürlich an, so richtig. Als hätte Allah uns bewusst auf diesen Weg geführt.

Nach dem Aufstehen half ich meiner Mutter in der Küche.

„Hamza, du wirkst heute irgendwie... anders", sagte sie schließlich, während sie Gemüse für Iftsar schnitt.

Ich zuckte mit den Schultern. „Anders? Inwiefern?"

Sie hielt kurz inne und sah mich mit ihrem prüfenden Blick an, den ich nur zu gut kannte. „Ich weiß nicht... du bist ruhiger. Und gleichzeitig wirkst du auf eine Art zufriedener. Ist etwas passiert?"

Ich setzte mich an den Tisch. „Vielleicht. Ich habe gestern jemanden getroffen."

Ihre Augenbrauen hoben sich leicht, doch sie sagte nichts, wartete nur darauf, dass ich weitersprach.

Ich lächelte. „Wir haben gestern mit einem Imam gesprochen. Nisa und ich."

Sie ließ das Messer sinken. „Ihr wart bei einem Imam?"

„Ja. Ich wollte, dass wir uns auf eine richtige, auf eine halale Art kennenlernen. Und ich dachte, ein Imam könnte uns dabei helfen, dass in die richtigen Bahnen zu lenken."

Für einen Moment herrschte Stille. Dann legte sie das Gemüse beiseite, wischte ihre Hände an einem Tuch ab und setzte sich mir gegenüber. „Und? Wie war es?"

Ich lehnte mich zurück und ließ den gestrigen Abend noch einmal Revue passieren. „Es war… erstaunlich. Wir haben einiges gemeinsam. Sie studiert Lehramt. Geschichte und Philosophie, genau wie ich. Wir studieren an der gleichen Uni. Sie hat ähnliche Vorstellungen vom Leben, ähnliche Werte. Sie hat eine ähnliche Vergangenheit wie ich… du weißt ja Baba..."

Meine Mutter sah mich lange an, dann lächelte sie sanft. „Manchmal führt Allah zwei Menschen genau im richtigen

Moment zueinander. Und manchmal denkt man, man sei bereit, und merkt dann, dass man es doch nicht ist."

Ich nickte. „Genau deswegen will ich nichts überstürzen. Wir treffen uns heute nach Tarawih wieder. Ich will das Ganze auf mich wirken lassen und schauen, wohin es führt."

Sie streckte die Hand aus und legte sie auf meine. „Was auch immer passiert, mein Sohn, ich bete, dass Allah euch beide auf den besten Weg führt."

Ich drückte ihre Hand sanft. „Amin."

Den Rest des Tages verbrachte ich mit Lernen, aber meine Gedanken waren immer wieder woanders. Ich las einen Absatz aus einem meiner Bücher und ertappte mich dann dabei, wie ich an Nisas Stimme dachte, an ihr Lächeln, an die Art, wie sie gestern manchmal mitten in meinem Satz dazwischengeredet hatte, weil sie so überrascht über unsere Gemeinsamkeiten war.

Als der Abend näher rückte, machte ich mich bereit für das Tarawih-Gebet. Ich zog eines meiner schönsten Gebetskleider an, setzte mich kurz auf mein Bett und atmete tief durch.

Heute würde ich sie wiedersehen.

Heute würde sich vielleicht ein weiterer Schritt auf diesem neuen Weg zeigen.

Ich verließ das Haus, trat hinaus in die kühle Nachtluft und machte mich auf den Weg zur Moschee.

Dritter Teil

„Glück liegt in der Zufriedenheit Allahs."

Mohammed Saw

Der 29. Tag

HAMZA

Acht Tage waren vergangen, seitdem Nisa und ich das erste Mal mit dem Imam gesprochen hatten. Acht Tage, in denen ich meine Gefühle ordnen, meine Gedanken klären und mir darüber bewusstwerden konnte, was ich wirklich wollte. Und nun war mir klar: Ich wollte den nächsten Schritt gehen.

Ich stand in der Moschee, mein Herz schlug ruhig, aber fest in meiner Brust. Die letzten Verse des Tarawih-Gebets hallten noch in meinen Gedanken nach, während ich mich auf den Weg zum Imam machte. Mein Blick wanderte kurz über die Reihen der Betenden, bis ich Nisa entdeckte. Sie stand nicht weit entfernt und sprach leise mit einer älteren Frau.

Ich zögerte einen Moment, dann trat ich auf den Imam zu.

„Assalamu Alaikum, Imam. Dürfte ich kurz mit Ihnen sprechen?"

Er lächelte und nickte. „Wa Alaikum Assalam, Hamza. Natürlich. Komm lass uns wieder an unseren Platz gehen."

Wir betraten die Moschee wieder

„Wie geht es dir, Hamza?" fragte der Imam, während er mich ruhig musterte.

Ich nickte. „Ich bin mir sicher: Ich möchte den nächsten Schritt tun. Ich möchte es richtig machen, auf die Art, die Allah gefällt."

Er lächelte sanft. „Alhamdulillah. Ich wusste, dass du mit dieser Absicht zu mir kommen würdest."

In diesem Moment klopfte es leise an der Tür, und als sie sich öffnete, trat Nisa ein. Sie wirkte ruhig, doch ihre Augen verrieten, dass sie innerlich aufgeregt war.

Der Imam deutete auf den Stuhl neben mir. „Setz dich, Nisa."

Sie tat es, ihr Blick traf kurz meinen, bevor sie sich dem Imam zuwandte.

„Hamza hat mir gerade gesagt, dass er bereit ist, den nächsten Schritt zu gehen", begann der Imam. Er sah uns beide an und fuhr dann fort: „Ihr habt euch nun einige Male getroffen, ihr habt miteinander gesprochen, euch kennengelernt. Nun ist es an der Zeit, dass du, Hamza, den Vater von Nisa um seine Erlaubnis bittest."

Mein Herz schlug ein wenig schneller, aber ich nickte bestimmt. „Ja. Ich bin bereit."

Nisa schwieg für einen Moment. Ich konnte sehen, wie ihre Finger sich leicht ineinander verschränkten, ein kleines Zeichen ihrer Nervosität. Doch dann hob sie den Kopf und lächelte leicht.

„Mein Vater wird sicher mit dir sprechen wollen. Er nimmt so etwas sehr ernst. Ich werde mit ihm reden und dir Bescheid geben, wann du kommen kannst."

Ich nickte. „Wann immer es ihm passt."

Der Imam legte seine Hände ineinander und sprach mit seiner ruhigen Stimme weiter: „Vergiss nicht, Hamza, dass dies ein wichtiger Moment ist.

Ein Vater gibt seine Tochter nicht einfach so in die Hände eines Mannes. Er wird dich nach den Dingen fragen, die ihm am wichtigsten sind – deine Religion, deine Arbeit, deine Familie. Sei ehrlich und offen."

„Natürlich", sagte ich.

Wir verließen das Büro gemeinsam. Draußen vor der Moschee blieb Nisa kurz stehen.

„Ich rede morgen mit meinem Vater. Dann sage ich dir Bescheid", sagte sie mit einem Lächeln, das in ihren Augen funkelte.

Ich erwiderte es. „Ich freue mich darauf."

Und mit diesen Worten trennten sich unsere Wege für die Nacht.

Denn wahrlich, es sind ja nicht
die Augen, die blind sind,
sondern blind sind die Herzen
in der Brust.

Quran 22:46

Der 30. Tag

HAMZA

Das Treffen mit Nisas Vater war schon am nächsten Tag.

Der letzte Tag von Ramadan

Ich stand vor der Tür von Nisas Elternhaus, mein Herz schlug schneller als gewöhnlich. Ich atmete tief durch, erinnerte mich an die Worte des Imams: „Sei ehrlich und offen."

Nisa hatte mich gebeten, nach dem Maghrib-Gebet (Abendgebet) zu kommen. Ihr Vater hatte zugestimmt, mit mir zu sprechen, und ich wusste, dass dieser Abend ein entscheidender Punkt für uns beide sein würde.

Die Tür öffnete sich und Nisa stand da. Sie trug ein schlichtes, aber elegantes Kleid und lächelte mich nervös an.

„Salam, Hamza. Komm rein."

Ich trat ein, zog meine Schuhe aus und folgte ihr ins Wohnzimmer. Dort saß ihr Vater bereits auf einem großen Sofa. Ein Mann mit ruhiger Ausstrahlung, aber mit einem Blick, der einem sagte, dass er nichts durchgehen ließ, was nicht ernst gemeint war.

Ich trat näher, legte meine Hand auf mein Herz und sagte: „Assalamu Alaikum, Herr Yildiz."

Er musterte mich für einen Moment, dann nickte er. „Wa Alaikum Assalam, Hamza. Setz dich."

Ich tat, was er sagte, und wartete, bis er sprach.

„Also, Hamza", begann er, während er mich genau musterte. „Erzähl mir etwas über dich. Ich weiß, dass du mit meiner Tochter sprichst, aber nun möchte ich dich besser kennenlernen."

Ich nickte und räusperte mich leicht. „Ich heiße Hamza, bin 23 Jahre alt und studiere Lehramt mit den Fächern Geschichte und Philosophie. Ich arbeite nebenbei, um mir mein Studium zu finanzieren, und ich lege großen Wert darauf, mein Leben in Übereinstimmung mit meiner Religion zu führen."

Er hörte aufmerksam zu, seine Miene verriet nicht, was er dachte. Dann stellte er seine nächste Frage.

„Wie ist dein Verhältnis zur Religion? Betest du regelmäßig? Fastest du? Und was bedeutet dir dein Glaube?"

Ich richtete mich etwas auf. „Ja, ich bete regelmäßig und faste natürlich auch. Mein Glaube ist das Zentrum meines Lebens. Er gibt mir Halt und Orientierung. Deshalb bin ich auch den Weg gegangen, mich mit Nisa auf eine Weise kennenzulernen, die halal ist."

Ein kurzes Nicken. „Gut. Familie ist ein wichtiger Punkt für mich. Wie sieht deine Familie aus?"

Ein kleiner Stich in meiner Brust. Ich wusste, dass die nächste Frage kommen würde.

„Ich lebe mit meiner Mutter und meinen Geschwistern zusammen. Mein Vater… mein Vater ist verstorben."

Zum ersten Mal veränderte sich seine Miene leicht. Ein Ausdruck von Mitgefühl zog über sein Gesicht.

„Möge Allah ihm barmherzig sein."

„Amin."

Er lehnte sich leicht zurück, als würde er alles, was ich gesagt hatte, noch einmal durchgehen. Dann sah er mich an.

„Du wirkst wie ein junger Mann mit guten Absichten, Hamza. Aber verstehe, dass dies für mich keine leichte Sache ist. Ich muss sicher sein, dass meine Tochter in gute Hände kommt. Ich werde noch einmal mit ihr reden, aber für den Moment… bin ich zufrieden mit dem, was ich gehört habe."

Ich atmete innerlich auf, blieb aber ruhig.

„Danke, Herr Yildiz. Ich verstehe Ihre Sorge vollkommen und ich respektiere Ihre Entscheidung. Ich werde alles tun, um zu zeigen, dass ich es ernst meine."

Er nickte. „Gut. Wir sprechen bald wieder."

Mit diesen Worten war das erste Gespräch vorbei. Ich verabschiedete mich, warf Nisa noch einen kurzen Blick zu – und in ihren Augen sah ich dasselbe Gefühl, das auch in mir aufstieg: Hoffnung.

Ich verließ ich das Haus mit einem Gefühl der Erleichterung und Dankbarkeit. Der Abend war still, nur das sanfte Rauschen des Windes begleitete mich auf meinem Weg zur Moschee. Ich schaute in den Himmel, wo der Mond hoch über den Dächern stand – ein stiller Zeuge meiner Gedanken.

Ich ließ das Gespräch noch einmal in meinem Kopf Revue passieren. Der Vater von Nisa hatte mich ernsthaft geprüft, mich mit wichtigen Fragen konfrontiert, doch am Ende schien er mit meinen Antworten zufrieden gewesen zu sein. Es war ein großer Schritt gewesen, aber ich wusste, dass noch mehr folgen würde.

Als ich die Moschee erreichte, war der Innenhof bereits mit Gläubigen gefüllt. Männer standen in kleinen Gruppen zusammen, unterhielten sich leise oder bereiteten sich innerlich auf das Gebet vor. Ich spürte eine tiefe Ruhe in mir, eine Zufriedenheit, die ich lange nicht mehr empfunden hatte.

Ich betrat die Moschee, zog meine Schuhe aus und machte mich auf den Weg zum Imam. Ich fand ihn im hinteren Bereich, wo er sich auf das Tarawih-Gebet vorbereitete. Als er mich sah, schenkte er mir ein warmes Lächeln.

„Assalamu Alaikum, Hamza", begrüßte er mich. „Du siehst aus, als hättest du gute Nachrichten."

Ich lächelte und setzte mich neben ihn. „Wa Alaikum Assalam, Imam. Ja, Alhamdulillah, das Gespräch mit Nisas Vater ist gut verlaufen."

Er nickte langsam. „Alhamdulillah. Und was hat er gesagt?"

„Er hat mich nach allem gefragt – meiner Religion, meiner Arbeit, meiner Familie… und ich habe ihm ehrlich geantwortet. Er meinte, dass er noch mit Nisa sprechen wird, aber für den Moment sei er zufrieden mit mir."

Der Imam legte eine Hand auf mein Knie. „MashaAllah, das sind großartige Nachrichten. Allah hat dein Herz geprüft und du hast mit Ehrlichkeit und Aufrichtigkeit geantwortet. Ich bin stolz auf dich, Hamza."

Ich senkte demütig den Blick. „Es fühlt sich an wie der richtige Weg."

Plötzlich hörte ich eine Stimme hinter mir.

„Assalamu Alaikum."

Ich drehte mich um – und dort stand Nisas Vater. Mein Herz schlug einen Moment schneller. Was machte er hier?

Der Imam stand auf und begrüßte ihn mit einem freundlichen Lächeln. „Wa Alaikum Assalam, Herr Yildiz. Was führt Sie zu uns?"

Nisas Vater sah mich an, sein Blick war ruhig, aber fest. Dann atmete er tief durch und sagte die Worte, die mein Leben verändern sollten:

„Hamza, nach unserem Gespräch habe ich mit meiner Tochter gesprochen. Sie hat mir mit ehrlichem Herzen gesagt, dass sie dich als guten und aufrichtigen Mann sieht. Ich habe nachgedacht, gebetet und um Klarheit gebeten. Und ich habe meine Entscheidung getroffen."

Ich hielt unbewusst den Atem an.

„Ich gebe dir meinen Segen, um Nisa zu heiraten."

Für einen Moment stand die Zeit still. Mein Herz füllte sich mit Dankbarkeit, mit Demut, mit einer Freude, die ich kaum in Worte fassen konnte.

Ich stand langsam auf, meine Hände zitterten leicht. „Danke… danke, Herr Yildiz. Das bedeutet mir mehr, als ich sagen kann."

Er legte eine Hand auf meine Schulter. „Sorge gut für sie. Sie ist mein Ein und Alles."

„Das verspreche ich", antwortete ich mit fester Stimme.

Der Imam lächelte voller Zufriedenheit. „Alhamdulillah. Dann gibt es keinen Grund mehr zu warten – wir sollten bald einen Termin für die Nikah festlegen."

Ich nickte und spürte, wie mein Herz vor Freude klopfte.

Wahrlich, mit der Erschwernis

kommt die Erleichterung.

Quran 94:6

Einige Wochen nach Ramadan

HAMZA

Einige Wochen später war es soweit.

Die Moschee war erfüllt von einer besonderen Atmosphäre. Familien, Freunde und Mitglieder der Gemeinde waren gekommen, um diesen besonderen Tag mit uns zu feiern. Nisa und ich würden heute islamisch heiraten – in einer Zeremonie, die nicht nur unsere Liebe, sondern auch unsere Hingabe zu Allah besiegeln würde.

Ich trug eine schlichte, aber elegante traditionelle Kleidung. Neben mir standen meine Mutter, meine Geschwister und enge Freunde, die mich alle mit warmen Augen ansahen. Doch ich wusste, dass jemand fehlen würde... Karam.

Auf der anderen Seite der Moschee befand sich Nisa. Ich konnte sie nicht sehen, aber ich wusste, dass sie da war, begleitet von ihrer Familie.

Der Imam stand in der Mitte und begann die Zeremonie.

„Wir sind heute hier versammelt, um die Ehe zwischen Hamza und Nisa zu vollziehen – eine Ehe, die auf Liebe, Respekt und Taqwa basieren soll. Eine Ehe, die Allahs Segen trägt."

Ich hörte meine eigene Stimme laut und deutlich, als ich die Worte sprach, die unser Schicksal besiegeln würden.

„Ich nehme Nisa als meine Ehefrau an, in Übereinstimmung mit dem Willen Allahs und den Geboten des Propheten Muhammad (Friede sei mit ihm)."

Dann hörte ich Nisas Stimme – sanft, aber voller Entschlossenheit.

„Ich nehme Hamza als meinen Ehemann an, in Übereinstimmung mit dem Willen Allahs und den Geboten des Propheten Muhammad (Friede sei mit ihm)."

Der Imam hob seine Hände zum Dua. „Möge Allah euch segnen, euch Liebe und Barmherzigkeit schenken und euch auf dem rechten Weg leiten."

Ein lautes „Amin" erfüllte die Moschee.

Ich atmete tief ein. Es war geschehen.

Ich war jetzt mit Nisa verheiratet.

Unsere Blicke trafen sich für einen kurzen Moment – ein Moment voller Versprechen, voller Hoffnung, voller neuer Anfänge.

Als wir die Moschee verlassen hatten, vibrierte mein Handy.

Ich zögerte. Eine unbekannte Nummer. Ein kaltes Gefühl kroch meinen Rücken hinauf. Mein Daumen schwebte über dem Bildschirm, bevor ich tief durchatmete und den Anruf entgegennahm.

„Hallo?"

Am anderen Ende herrschte für einen Moment Stille. Dann eine ernste Stimme.

„Hallo, spreche ich mit Hamza?"

„Ja, das bin ich."

„Ich rufe aus dem Krankenhaus an…"

Mein Herz begann schneller zu schlagen.

„Ihr Bruder Karam ist letzte Nacht verstorben. Wir konnten ihn leider nicht retten."

Die Welt um mich herum schien stillzustehen. Ein scharfer Schmerz durchbohrte meine Brust, als hätte jemand mit aller Kraft meine Seele herausgerissen. Meine Knie wurden weich, mein Griff um das Handy wurde schwächer.

„Nein…", flüsterte ich, unfähig, es zu begreifen.

„Es tut mir leid", sagte die Stimme am anderen Ende leise. „Mein herzliches Beileid."

Ich hörte nicht mehr zu. Meine Hand sank langsam mit dem Handy, während mein Blick leer auf den Boden fiel.

Karam…

Mein Bruder. Mein Fleisch und Blut. Derjenige, der mich verstand, ohne dass ich ein Wort sagen musste. Derjenige, der mir immer Halt gab, selbst wenn er selbst keinen hatte.

Ein leises Schluchzen kam aus meiner Kehle, aber ich unterdrückte es. Ich spürte eine Hand auf meiner Schulter – es war Nisa. Ihr Gesicht spiegelte Besorgnis wider, aber ich konnte nichts sagen. Ich konnte nichts fühlen außer diesem schrecklichen, alles verschlingenden Schmerz.

Am nächsten Tag wurde Karam beerdigt. Die Sonne stand hoch am Himmel, als wir uns auf dem Friedhof versammelten. Die Erde war feucht von dem Regen der vergangenen Nacht, als ob selbst der Himmel um Karam weinte.

Menschen hatten sich versammelt. Familie, Freunde, Bekannte. Alle waren sie hier, um Abschied zu nehmen.

Aber für mich gab es nur Karam.

Mein Blick war auf das Leichentuch gerichtet, das vor mir stand. Ich stand allein.

„Hamza, wir helfen dir", sagte ein Cousin und trat vor.

„Lass uns gemeinsam tragen", fügte ein anderer hinzu.

Aber ich schüttelte den Kopf.

Ich beugte mich hinab und legte meine Hand um das große Tuch, in dem Karam lag. Er fühlte sich schwer an – schwer mit all den Erinnerungen, die er in sich trug.

Ich hörte Stimmen um mich herum, Menschen, die sagten: „Lass uns helfen."

Aber ich brauchte keine Hilfe.

Ich ging langsam, Schritt für Schritt, durch die Reihen der Trauernden.

Meine Augen brannten von den Tränen, die ich nicht vergoss.

Einige Schritte noch.

Ich spürte Blicke auf mir. Ich hörte wieder Stimmen.

„Hamza, bitte. Lass uns helfen."

Ich blieb stehen, atmete tief durch und hob den Kopf.

Dann sagte ich die letzten Worte, die ich für meinen Bruder hatte.

„Alles gut. Er ist nicht schwer. Er ist mein Bruder."

Widmung

An jeden Menschen, der einen geliebten Menschen verloren hat: Vergiss nicht, dass nichts in dieser Welt von Dauer ist – weder Schmerz noch Trennung.

Mit Sabr und tiefem Vertrauen in Allah findest du Trost, denn Er ist der Barmherzige, der alle Herzen heilt. Die, die du liebst, sind nicht fort – sie warten an einem Ort, den unsere Vorstellung nicht erfassen kann, in einer Welt voller Licht und Frieden. Eines Tages, wenn Allah es bestimmt, wirst du sie wiedersehen, und diese Wiedervereinigung wird ewig währen, in Seiner unendlichen Gnade und Liebe. Wenn wir den Weg gehen, den Allah uns vorgezeigt hat, wird unsere Seele Frieden finden, denn in Seiner Liebe liegt die wahre Glückseligkeit – eine Glückseligkeit, die weder vergeht noch enttäuscht. Mit den richtigen Menschen um uns herum, jenen, die uns im Glauben stärken und an das Gute erinnern, wird jedes Leid leichter, jede Prüfung erträglicher und jedes Herz mit Hoffnung erfüllt. Denn wer Allah vertraut, dem ebnet Er den Weg zur wahren Zufriedenheit.

Möge Allah uns stets mit Liebe, Geduld und aufrichtigen Herzen umgeben. Möge Er uns führen und unsere Herzen in Seinem Licht erstrahlen lassen. Ameen.

Wa assalamu alaikum wa rahmatullahi wa barakatuh.